漆寨芳
著

索桥淋雨

中国出版集团
现代出版社

图书在版编目（CIP）数据

索桥淋雨 / 漆寨芳著. -- 北京 ：现代出版社，
2017.10

ISBN 978-7-5143-6508-5

Ⅰ．①索… Ⅱ．①漆… Ⅲ．①散文集－中国－当代
Ⅳ．①I267

中国版本图书馆CIP数据核字(2017)第243950号

索桥淋雨

作 者	漆寨芳	
责任编辑	杨学庆	
出版发行	现代出版社	
地 址	北京市安定门外安华里504号	
邮政编码	100011	
电 话	010-64267325　010-64245264（兼传真）	
网 址	www.1980xd.com	
电子邮箱	xiandai@vip.sina.com	
印 刷	北京一鑫印务有限责任公司	
开 本	710×1000　1/16	
印 张	12	
字 数	158千	
版 次	2017年10月第1版　2022年7月第2次印刷	
书 号	ISBN 978-7-5143-6508-5	
定 价	42.00元	

生命，是一树花开，或安静或热烈，或寂寞或璀璨。日子，就在岁月的年轮中渐次厚重，那些天真的、跃动的，抑或沉思的灵魂，就在繁华与喧嚣中，被刻上深深浅浅、或浓或淡的印痕。

——余秋雨

目录

CONTENTS

篇 一

来 时 的 路

篇 二

魂 之 依 托

篇　三

路 上 的 风 景

篇 四

激 情 家 园

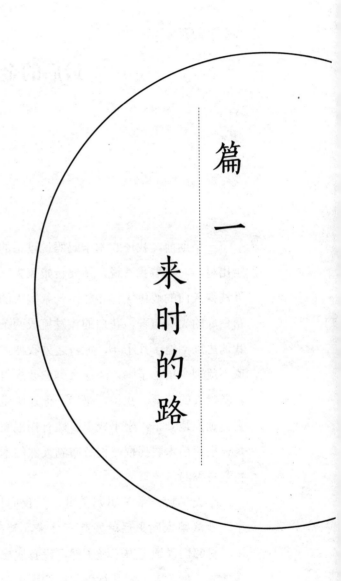

篇一

来时的路

最后的金莲

　　一星期前，我还和木子妈妈说过话的，她拄着疙瘩棍，步踏金莲，走出村口。见着我就说，她要转娘家去。瞅着她，我生出几分惊奇，一件洗得灰白的蓝色大襟布衫，一条宽大的青色裤子，小脚上穿着一双黑帮白底的尖嘴布鞋，花白的头发梳成两条细细的辫子。她着意的打扮让我的思维倒退了几十年，惊奇之外我便肃然起敬。都这把子年纪了，娘家不就剩个弟弟了吗，还这么刻意要求自己，这不是爱面子，而是一位古稀老人的尊严。我说，奶奶，你那脚走不动，要不让木子找辆车送你去。她说她晕车，坐不成车，她有拐棍呢。说着把疙瘩拐棍挥了挥。这是一根黄柏木质拐棍，棍身布满天然的木瘤子，被她使用得油光滑亮，古色古香的。

　　今天午后，木子妈妈去世了，我们村子里的最后一位小脚女人走了。她从娘家回来后就发起高烧来，躺在炕上只一周时间就油尽灯灭了。村邻们说她走得干脆了然，没有病榻上的煎熬，没有受丁点儿的卧压之罪，是老人一辈子行善积德的因果。我去木子家吊唁，在门口读了老人逝世后的《告白》，知道她生于癸酉年（1933 年），今年 82 岁。她出生时都民国了，怎么就缠了足了呢？

这还得从木子外公说起。他老人家是南山里数一数二的读书人，念过私塾，读过公学，看过很多闲书，喜欢南唐后主李煜的词，也就对李后主的宫廷生活有所研究，评头论足，就喜欢上了李后主的爱妃窅娘的三寸金莲。木子妈妈是他唯一的爱女，为了让女儿长大后嫁个大户人家，过上好日子，就自幼给她缠了足。"小脚一双，泪水一缸"，木子妈妈活着的时候给人说过，在她缠足前，父亲把一只大公鸡开膛破肚，把她的双脚塞进去，泡了两脚黏糊糊的鸡血，然后用两条9尺长的窄布紧紧地裹住了她的双脚。她16岁那年，木子的爷爷请了媒婆来提亲，她就嫁到了南山里最大的大户人家，成了木子父亲的媳妇。

她和木子爸爸结婚不久新中国成立了，她成了小脚地主婆。土改时，土地、牛羊、房子全都给分了，再也没有长工、短工给她家干活了。木子出生满月后，她就跟着男人下地干活，回家做饭。啥"三寸金莲""香钩"，就连苏东坡老儿"闲纱说应难，须从掌上看"的《菩萨蛮》也是胡乱咏唱的。它只是人行动的脚，实实在在的实用肢体，不是供男人们观赏的唯美之物件。她开始恨自己的父亲给她缠了一双小脚，弄得立不稳、走不紧，怎么去自食其力呀！

南山的土地全是山地，靠着人背畜驮种庄稼，地主少爷木子爸爸的苦难就加重了。当然，小脚地主婆木子妈妈的苦难也不轻，她不爱听人们在批斗会上说的话，啥缠了小脚靠剥削奴役别人过日子，她嫁到地主家里就没享过几天清福，她要自食其力。木子妈妈就挂着她临死前还用着的黄柏木疙瘩棍，上地背粪背麦子，回家挑水洗洋芋，她承受着和常人一样的体力劳作。木子三岁后，妹妹出生了，木子爷爷和奶奶也都相继去世，家庭生活的担子结结实实地压在了地主少爷和小脚老婆的肩上。

"大跃进"那阵子，木子爸去了引洮工地，修渠引洮河水，这可是人民战天斗地的大事，村里的精壮男子全都去了。洮河在哪儿，死守在渭河流域的木子妈不知道，她清楚的是男人全都走了，把两个孩子丢给了她，得好好地抚养着。一年、两年、三年，去引洮工地的男人们陆续都回来了，唯独不见了木子爸。就在木子爸离开家满三年的那一天，木子妈妈给木子和妹妹缝了白布孝褂，她认为男人没了，死在外面了，一个地主少爷在轰轰烈烈战天斗地的战场上死去，没人会在乎的。她领着儿女披麻戴孝，给男人立了牌位，烧了纸钱后就被邻村的另外一个男人接了去。她说，她的一双儿女要长大成人，她一个小脚女人是无力养大他们的，只能再跟个男人，借他的力活下去。

那是一个初冬的黄昏，山梁灰黄，如同村邻们饥饿的脸庞。一弯新月挂在天际，飕飕冷风中却有零星的雪花在飘飞。木子妈伺候男人和儿女们吃完晚饭，去关闭篱笆院门。木子爸出现了，哆嗦着身子在篱笆门外打转转，见着她，喊了声：木子他妈，我回来了！如同幻觉，她不敢相信自己的眼睛和耳朵了，说：掌柜的，是你吗？你是人还是鬼？她挪动小脚，走上去，用手去摸去抓去掐，而后就抱住了木子爸，没一滴眼泪地说，我给你把三年纸都烧了，我要拉扯娃娃，就跟了这个后男人。你活着回来了，娃娃有爸爸了，咱回家，这就回家。她没让木子爸进她的新家门，自己折回去收拾了自己的包裹，对那男人说，我男人活着，回来了，我走了。她就领着一双儿女离开了一起生活不到两个月的后男人。

木子爸爸是在引洮工地上逃跑的，他没敢回家，去了宝鸡，等到引洮工程停了后才壮着胆子回来的。对木子妈妈另嫁他人，他没有抱怨啥，他知道那一双小脚离开了男人是无法生活的，何况还有两个孩子。然而，之后的日子却越过越艰难了，1960年，饿死人的年景来了。先是木子妈妈和后男人同居时怀上的胎儿流产，接着木子妹妹也饿死了。在木子妈妈饿昏倒地，奄奄一息的那天，木子爸从野狼岭上打死了一只正在吃死人的狼，他用狼血灌醒了女人，用狼肉和了大半个月的野菜草根，救活了女人，保住了儿子。

木子妈妈大难未死，虽然后福不大，日子却那么不紧不慢地过了下来，活了整整 82 个春秋。

现在她安详地躺在木子租来的冰棺里，丧场上两把唢呐为她吹丧，木子把丧事当喜事来操办。南山人讲究的是红白喜事，只要老人大限善终就是喜事。木子为来吊唁的亲友们准备了酒席，为妈妈置办了全套纸货，吹吹打打很热闹。

我隔着冰棺玻璃瞅着木子妈妈的小脚，一双天蓝色绣花鞋，小而尖，瘦而秀，是那么地玲珑优美。只可惜，在她活着的时候我没能睹一眼她的小脚到底是新月形、瓜条形还是三寸金莲。现在晚了，我只能凭着这双小绣花鞋去想象。有人说，小脚里头缠着的是中国 1000 多年的历史，不光是那股子脚气味儿。想来也是的，从南唐后主爱妃窅娘到今天南山的木子妈妈，它是多么厚重的一部历史，我又能想到多少呢？

木子妈妈明天卯时就要下葬，归于黄土了，南山里最后的三寸金莲将要被黄土彻底深埋，这多少让人有些遗憾。但是我们是无法给历史留下物证的，因为它只是肌骨变形，纤细扭曲了的女人的脚。

那么，别了，最后的三寸金莲！

（《华夏散文》2014 年第 10 期，《甘肃日报·百花》2014 年 11 月 11 日，《武山年鉴 2015 卷》）

榆树精灵

　　雄踞在武山南山大南河畔大湾村的古榆树，是南山最古老的一棵榆树。树干就像沧桑老人满是皱纹的脸，繁茂的树冠里露出几枝枯枝，犹似黑发中夹杂了些许的白发，却消减不了勃勃向上的活力，倒垂的树枝宛如女子浓密飘逸的发丝，在微风中摆荡。榆树老去，可依然茂密，看不出老态龙钟。

　　每次走近老榆树，我都会顿生敬意。它的树围要四人才能勉强合抱，主干高过周围的房屋，树冠在 200 平方米以上，能够称得上遮天蔽日了。在它面前人的身躯显得那么渺小，人的生命显得那么脆弱而短暂。榆树，你这喜光、耐寒、耐旱、耐瘠薄的阳刚树种，你默默无闻地生长着，与世无争，习惯了世态炎凉，一言不发，你的声音只有与狂风撞击时的怒吼，你的贪恋只有对空气中污染物的滞留。

　　300 年？500 岁？我一次次地估摸老榆树的年龄，都不是满意的答案。倘若它有 500 岁，它就见证过明朝的灭亡。据南山深处慈云寺的传说，闯王李自成兵败被明军追击，流落到南山，就在闯王兵乏马困被追兵包围之时，一片云雾笼罩了闯王藏身的山林，使明军迷失了方向。明军撤出山林，浓雾退去，升空而起，成一朵五彩祥云，云朵下现出一座寺院。摆脱了明军追击的闯王向寺院跪拜，说：佛祖慈悲，降祥云救我，我就称您慈云寺吧。但这只是传说，要是老榆树能够亲口说出来就好了。如果说老榆树活了300年，它就经历了康乾盛世，清朝灭亡，可这都是猜测，我们看得见摸得着的只是在岁月轮回、狂风暴雨中葱郁挺拔的大树，从我记事起就是这么粗大的老榆树。你一个年轻人能证明啥，我是民国十五年生人，我记事时老榆树就这么大，这个样子呢。村里三寸金莲的罗老太太对我这样说。民国十八年的南山是一个饿殍遍野的荒年，老榆树救过村里人的命。

春天，榆树叶儿还不见踪影，树冠就泛起嫩绿的疙瘩，那是榆钱儿上来了。熬过饥寒交迫的冬天的村邻们，在剜野菜、吃草芽的同时，眼睛盯上了老榆树，榆钱儿被吃完了，就落下树枝剥树皮吃。罗老太太说榆钱儿做的菜团团甜丝丝柔滑滑的好吃极了，榆树皮晒干磨成面做成榆皮面根根赛过今天的臊子面。有些人吃野菜草芽浮肿了，大小便也不通了，吃了榆钱儿榆皮面后浮肿散了，便也通了。老人的话是真的，不光她自己亲身经历过，从20世纪60年代过来的人们都经历过。神奇的是民国十八年和1960年老榆树两次被人砍枝剥皮，它都顽强地活了过来，发新枝，吐新芽，依然郁郁葱葱，傲视着苍穹和大地。

今天，老榆树更像一位慈祥的母亲，它的怀里抱着两个家庭。一家是喜鹊，一家是蜜蜂。喜鹊的巢在树杈最高处，有两个，双黄蛋的蛋黄一样紧挨着，好像村里的二层小洋楼；蜜蜂的家在树身中段啄木鸟凿开的树洞里，年年都有新蜂从树洞里飞出来，钻进贪财的人们早已为它放置在树杈间的蜂箱里，而后被蜂箱的主人搬走，再放上空的蜂箱，等待又一批新蜂自投罗网。

老榆树周围住着七八户人家，南边是打麦场，夏收季节，劳作的人们常常在树荫下纳凉，它是能够容纳全村人的一把大遮阳伞。遇到雷雨天，它又成了麦场里劳作的人们的大雨伞，人们不光避雨，来不及收拾的粮食也会堆放在树底下。它就像村子的保护神，庇佑着有求于它的人们，迎来朝霞日出，送去黄昏日落，顶住艳阳，抵抗风雨雷电。

今年春天，南山的气候反常，4月初一场春雪落了足有半尺厚，老榆树正挂满榆钱儿，榆钱儿就挂住了积雪，老榆树被压矮了一截。半夜里，树旁居住的人家听到咔嚓嚓的声响，一尺多粗的树枝被压断了一枝，砸在麦场边的院子里，压塌了两间土屋，好在屋子里没有住人，有惊无险。天亮了，雪停了，全村人围着老榆树评判，有主张把树伐了的，有主张落一部分树枝，把树留着的，还有人说老榆树是古树，活着的文物，先报告地方政府，再作决定。其实要想伐倒老榆树是一件很难的事，粗大的树身已经没有能够伐它的锯子，落一部分树枝也很困难，每一根枝杈下面都是房屋，落下去就有压塌房屋的可能。于是已经砸塌了房子的主人就去了镇政府求助。

一星期后，方案出来了。老榆树要保护，不能砍伐，只把它被积雪压断了的枝杈取掉，把那些构成威胁的枯枝也取掉。就这也是要费一番周折的，村邻们找来了钢管，在树下搭起了钢架子，一小段一小段地把断枝截取下来。

这一天天气晴朗，十多个精壮男子在钢架上挥锯劳作，树冠中的喜鹊旁若无人的加固着鹊巢，好像老榆树发生着的变化与己无关。蜂洞里也飞出了今年第一窝蜜蜂，在北边的树枝上聚成个蜂疙瘩，有人想收住它，却没那么长的收蜂杆子把蜂兜举到嗡嗡轰鸣着的蜂疙瘩前，人们只能望蜂叹息，瞅着蜜蜂随了蜂王飞向村子后面的树林。

这是人们记忆中老榆树给人的唯一一次灾难，那蜜蜂也是从老榆树上飞走的第一窝新蜂。

取掉断枝和枯枝的老榆树就像修理过发髻的女子，看上去靓丽了许多，清秀了许多，绰约的身姿在阳光中更加挺拔。

佛说，一树一菩提。我说一棵树就是一部历史，它历经数百年的风霜雪雨，岁月沧桑，见证着村庄的历史变迁。老榆树已不再是一棵树，而是一个精灵，受人们顶礼膜拜的村庄的灵魂。

（《甘肃日报·百花》2015年4月14日，《新一代》2015年第8期）

红嘴乌鸦

　　人应该时不时地到童年去走走，就如闲暇时或者是思念了翻翻自己的相册那样。在我童年的截图里，清晰地保存着这样一组画面：一条绕村而过的淙淙细流，河畔的地里长着嫩闪闪的当归苗儿，地边一间呈人字形的洋麦草茅庵，里面有三五个土不溜秋的男孩儿，仰着头瞅着"哇哇"叫着盘旋在当归地上空的红嘴乌鸦群。

　　夏收一开始，学校也就放了暑假。生产队把孩子们也当劳动力安排上工，让稍大点的男孩去放牧牛羊，把饲养员替换出来抢收麦子。大小女孩子们都跟在大人屁股后面拾麦穗，又从小点儿的男孩中挑出几个来，安排去当归地里赶红嘴乌鸦。这种"害鸟"全身乌黑发亮，嘴喙血红，爪子也是红色的，身体要比普通乌鸦稍大。它们从不单个行动，要来就是几十、上百只的群体，落在一块地里，啥庄稼都要遭殃。赶当归地里的红嘴乌鸦，听起来活儿轻松，其实不然，每天麻麻亮起床上地，黄昏后才能回家。整天在地埂上趴着，和红嘴乌鸦捉迷藏，乏死人了，晚上一回到家，头一着枕就呼呼入睡。

　　当归是生产队唯一的经济作物，我们和定西岷县接壤，土质气候相近，种植的当归称岷归，是驰名天下的名贵中药材。只是在浅山区的黄土里种当归易生虫，大拇指一般粗的软体虫一头扎在当归根部作害，两三天嫩闪闪绿油油的苗儿就蔫了。大人们隔三岔五地检查一趟，发现有害虫，就用竹箭掏出来。也许是大人们掏虫子时被红嘴乌鸦看见了，也许是红嘴乌鸦的嗅觉灵敏，能隔着泥土闻到软体虫的香味，它们成群结队地围着当归地不走，我们稍有疏忽，鸦群中胆儿大的就一个猛子扎进地里，隐蔽在当归叶子底下找虫子。红嘴乌鸦扫荡过的地方，当归就会被连根拔起，我们三五个孩子只能坐在三五个方位死死守着。

那段日子，我的脑子里全是蠕动着的黄腻腻的软体虫子以及身体乌黑发亮、嘴喙和爪子血红的乌鸦和绿油油嫩闪闪的当归。一有红嘴乌鸦的"哇哇"声就像"鬼子来了"似的，拼命地呼喊、扔土块，想着法子不让红嘴乌鸦扎入当归地里。

一天里最紧张的时间是清晨和黄昏，中午就消停些了，我们能够在河里玩水、摸鱼儿。这条河里的鱼儿品种特别，银白色的身上透着嫩黄，嘴角是淡红色的，没有鱼鳞，有时我们能够抓到胳膊粗的大鱼呢。抓了鱼，谁也不带回家去，就在河畔蒸了吃。那味儿至今想起还回味无穷，那股清香、鲜嫩以及淡淡的野味儿在今天我所去过的任何一家饭馆或者酒店里是找不到的。

用石头垒个一尺大小的灶，把从村里偷出来的瓦片架在灶上，从河里捞一把水藻放在瓦片上，铺上葵花叶子或者包菜叶子，把鱼儿开膛破肚弄干净，肚子里装上盐、猪油或者臊子，一条条摆在菜叶上，上面再放菜叶和水藻，再摆一层鱼，这样叠放三四层和蒸笼一样，最上面反扣一片瓦后点火开蒸。在水藻里的水分蒸干时起锅，大伙围在一起，狼吞虎咽，一扫而光。然后再抓鱼再蒸，有时我们一天能吃四五锅呢。当时人人吃不饱肚子，别说吃鱼了，而我们天天拿鱼儿当饭吃，吃饭时间妈妈喊破嗓子也不回家。

这天，伙伴们去抓鱼，轮到我拾柴蒸鱼了。我支好灶，把抓到的十几条鱼摆放在"蒸笼"里后去拾柴。"哇——哇——"几声啼叫，我循声望去，黑压压一片红嘴乌鸦向我刚刚弄好的锅灶扑去，瞬时间，灶被弄翻了，水藻间用葵花叶子包裹的鱼被红嘴乌鸦一抢而空。我发疯般奔跑着、吼叫着，但鸦群旁若无人地争抢着，根本没把我的驱赶当回事儿。我气急败坏，抓起石头胡乱摔打，鸦群仍不肯散开，当我跑到锅灶前时，鱼儿不剩一条，红嘴乌鸦才展翅离去。我的眼泪都出来了，我向伙伴们喊："鱼儿被红嘴乌鸦叼走了！"突然，我的眼前出现了这样的情景：一只红嘴乌鸦在河岸上腾起又落下，落下又腾起，不停地跌绊着。我扑过去，把它压在胸前，捉住。它血红的嘴啄被鱼死死地塞住了，吞不进去又吐不出来。我总算是解气了，一手抓住鱼尾，一手抓住鸦脖子，硬把鱼给扯了出来。心里想，你吃了我的鱼，我今天要蒸了你给伙伴们吃。

这只红嘴乌鸦已经奄奄一息了，在我脚下的沙砾中缓慢地蹬了几爪子就一动不动了。那条被我硬从嘴里拽出来的鱼儿就放在弄翻了的瓦片上，我再把红嘴乌鸦和它摆放在一起，转身向河里抓鱼的伙伴走去，我说："鱼儿没了，不过我捉住了一只红嘴乌鸦，咱把它给蒸着吃了！"

听大人们说，老鸦专吃死猪死狗死猫，碰着啥吃啥，连死人都吃的。吃过死人的老鸦嘴啄就成红色的了，那是被人血染的，咱可不能蒸它吃。伙伴们说得我毛骨悚然，那怎么办？把它大卸八块，抛尸荒野，才解心头之恨呢！大家叽叽喳喳讨论着该怎样处分这只被鱼儿噎死的红嘴乌鸦。

"哇——"的一片声音，天空投下一块阴影，就像一朵乌云从头顶掠过，整个河滩似乎昏暗了。一大群红嘴乌鸦铺天盖地而来，在那只死乌鸦的上空盘旋着，片刻，哗啦啦一齐落下，黑压压铺了一地。我们被这突如其来的变故惊呆了，眼睁睁地看着红嘴乌鸦们，不知如何是好。鸦群落地先是静如止水，就像铺在地上的煤球儿。接着有六七只伸长脖子、拍拍翅膀，"哇——哇——"哀啼着走向那只死鸦，把死者围起来，用血红的嘴啄掀弄着，血红的爪子扒拉着，乌黑的翅膀拍打着……

奇迹发生了，那只平躺着的红嘴乌鸦蠕动了，稍后就踉跄着站了起来，发出一声沉痛的叫声"哇……哇……"。这声音不大，但是满地的鸦们都应和着叫成了一片。

"它怎么就活了呢？"我诧异地喊叫了一声。

"看，它走动了！"伙伴们喊。

只见那只红嘴乌鸦翅膀微张着，向前挪动着，其他鸦们用翅膀托着它，似乎是挽扶着离开地面，腾空，飞翔。所有的鸦们啪啪啪展翅，向我们示威似的在天空盘旋了好一阵子，才尾随着死而复生的那只红嘴乌鸦去了。

我从红嘴乌鸦嘴里拽出来的那条鱼还在瓦片上躺着。奇怪的是红嘴乌鸦落下那么多，怎么就没把鱼吃掉，难道它们冒着生命危险只是为了唤醒同伴救走同伴吗？

直到今天，我也没弄明白被人们视为"害鸟"和"灾星"的红嘴乌鸦怎么就有着那么一种和人类相比拟的精神，但随着阅历的加深我理解了红嘴乌鸦们的行为。也知道了危害当归的软体虫子就是切根虫，书本上叫黄地老虎，幼虫有一寸来长，头部黄褐色，体淡黄褐色；成蛹后身体变小，颜色也成红褐色；成蛾后颜色成灰褐色至黄褐色，属夜蛾科。就这黄地老虎化蛹为蝶的过程也是何等地壮丽啊！继而我想到，生命的过程大抵如此。

那个暑假，我都在当归地里赶红嘴乌鸦，渐渐地我不反感红嘴乌鸦了，继而还生了敬畏之心。它们从不让同伴落单，任何时候都是结伴而行，少则五六只，多则上百只。像天空的乌云，给大地投下黑沉沉的影子，宣告着它们的存在。

（获首届德垄杯诗歌散文大赛三等奖，2013年12月28日收入《羲里新音》获奖作品集）

碎在玉米里的日子

入冬以来，二姑一直在自家的庭院里脱玉米。庭院很宽敞，两层的小楼坐西朝东，清晨的太阳一露脸，整个院落就暖融融的。

喝过早茶的二姑坐在一把小木靠背椅子上，两侧横七竖八堆放着金灿灿的玉米棒，整个人似偎在金山里。那双粗糙的手虽然瘦弱，抓起玉米棒时仍显得那么有力。她将两棒玉米互相磨搓着，搓到玉米粒有了松动后丢开一棒，拿起一根用钢筋打制的不太尖利的锥子，顺着棒上的玉米列隙，一列列用锥子刺下去，玉米粒就金豆豆似的哗啦啦倒下一排，嘀嘀嗒嗒滚落在面前的柳编簸箕里。

枣红大公鸡领着头，几只麻花母鸡咕咕咕地跟在后面，在二姑身前身后转悠，它们并不喜欢玉米，一粒也不下肚，刨来刨去的专捣乱。小花猫就不一样了，它抱着玉米棒翻来滚去，玩得很开心，那个调皮劲儿时不时地让二姑露出笑脸。她就喜欢养鸡呀猫的，见不得狗，狗太凶险，庄稼人的庭院里就是让村邻们来来往往的，狗儿守着庭院不让人进门，她不喜欢。有鸡儿猫儿在身边，她就觉着有伴儿，踏实，她的日子就在这些小生灵的生命中快乐着，在永远也干不完的农活家务活中实实在在地过着。

姑父去世得早，守着儿女们的二姑这几年没得守了，儿女们要出门讨生计，孙儿们要上学，一年中一家人在一起的日子是有限的，她就守家，让儿孙们想着自己家的温暖。家中各房间里的铺盖被窝在立冬前她都该洗的洗干净了，该换的换了新，上冬吃的面也磨了满满一面柜，年猪不算肥大，也能宰百十来斤肉，够过年吃的，只等孩子们回来了宰杀。地里的庄稼就剩这玉米还没有全装进粮仓里，如果用机器脱粒，费不了两天工夫。她觉着玉米进仓，就没事儿干了，她要自己双手搓，搓走这冬闲的日子。

庭院里很暖和，没有一丝的风，就像阳春三月的气候，这是个暖冬。玉米不紧不慢地在二姑的手中散落着，就如三月三的会祭佛家数着念珠。临近的慈云寺里她近几年都去赶庙会的，寺院里的和尚和尼姑们坐在佛爷面前念经很好听的，嘴里说着什么她从来没有听清楚过。她也跪在佛爷面前祈祷，为亲人们祈福，祈求出门打工的儿子儿媳平平安安，空身子出门，满载回家；祈求在城里开饭馆的女儿女婿生意兴隆，再生个大胖小子；祈求孙儿们快乐成长，把书念成功，能和村里牛四的儿子一样在北京的大学里读书。她也会从衣兜里掏出带着自己体温的钱放进功德箱，佛爷是用香火供奉的，把香火钱放进功德箱里，就如给佛爷上了一炷香，她的眼前就会幻化出自己点燃的那炷香。心香一瓣，飘散法界，从有形到无形，这时诸佛就听到了她祈福的声音，灵验她的心声。

扑棱棱一声响，一群麻雀从院边的杏树上飞落到她的面前，啾啾啾叫着，瞅着她的玉米在乞食。吃就吃吧，嚷啥呢，把你们一群肚子填满也用不了半碗玉米的，二姑在心里对雀儿们说。小花猫可不依，身子一纵发起威来，喉咙里像塞了一团棉花，声音粗洪，冲向了麻雀们。雀儿们随即飞起，落在院墙上，跳着、叫着，有的还用尖尖的小嘴梳理起身上的羽毛来，似乎在故意戏弄小花猫。看着吹胡子瞪眼的小花猫，二姑笑出了声，笑声就和玉米落在簸箕里的碎响混在一起。她对小花猫说，别那么霸道了，这数九寒天的，麻雀儿到哪里弄吃的去，我都同意让它们吃去了，你就别管闲事了。狗抓耗子多管闲事，猫抓麻雀一定是只没用的猫——抓不住老鼠的饿猫。小花猫好像听懂了二姑的话，抱着玉米棒，几个前滚翻，又自个儿玩去了。麻雀们试探着从墙头落到院子里，迈着碎步向玉米逼近，叼起一粒，火速飞走。

圈里的猪娃吱吱咛咛嚷叫开了，二姑抬起头，太阳已经走到她的头顶了，猪娃在嚷午饭。她从小椅子上起身，腰麻酥酥的挺不直，便双手又在腰间慢慢地伸直腰板，自己在腰间砸了几拳，抖落身上的玉米沫子。她看一眼脚边的玉米堆，金灿灿的个小黄堆，把簸箕埋得看不见了。膝盖酸兮兮的迈不动腿，她弯下腰揉了揉了膝盖眼，向小二楼的楼梯底下走去，猪食就放在那里。一个塑料水桶，她把精饲料和粗饲料兑好，提到水龙头旁搅拌匀了，再提进猪圈。猪娃像能听懂她的脚步声，嗷嗷嗷号叫着，她对猪娃说，没饿得那么厉害吧，我还是早上喝茶吃了点呢。猪娃的号叫声就变得柔和了，耷拉着的耳朵门扇似的扇动着，用嘴拱着她的裤脚，又生怕弄脏不着实拱，只那么象征性地嗅了嗅，算是亲昵吧。

伺候完猪娃，二姑的肚子也就猫儿抓似的了，该给自己弄点吃的了。村子里响起了喇叭，是三轮车卖菜的进了村，菜贩子自己录制的声音，"白菜萝卜西红柿，洋葱洋蒜鲜辣椒"，不紧不慢，匀速地从一个手提式扩音喇叭里传出，吵得二姑心里惶惶的。她提只竹篮出了院门，看看有啥自己爱吃的菜，买点儿再做饭。

填饱了肚子，二姑继续脱玉米。鸡窝里有母鸡呱蛋呱蛋地叫着，这是一天内第三次叫了，鸡窝里至少也有三个鸡蛋躺着了，她暂不去拾，到傍晚烧炕取柴的时候一起拾。鸡蛋是攒给孙儿们拿学校吃的，外面市场上的鸡蛋都是洋鸡吃鸡饲料下的，没家里的土鸡吃粮食下的蛋营养好。手中的玉米粒乒乒乓乓往下落，二姑的嘴角又挂上了笑。她想起了孙儿小胖上小学一二年级时的事儿来，忍不住就笑。不知是谁哄小胖说，吃鸡蛋考试会得零分的，老师在卷子上画的零分就是两根筷子夹一个鸡蛋，念书的娃娃不能吃鸡蛋。小胖信以为真，饭碗里一有鸡蛋就全挑拣出来给了奶奶。

吱嘎一声响，院门被刘婶推开了。刘婶是个闲人，一有空就来二姑家串门子，二姑所知道的村子里家长里短的事儿都是刘婶带给她的。刘婶自己找个凳子坐在二姑对面，也拿起玉米棒棒搓了起来，边搓边说二姑是自找麻烦，不会享清闲，村里脱玉米的机器好几台，谁家的哼一声都会来帮忙的，偏要这样作践自己，两只手都搓成了粗砂纸，图个啥呀。

搓磨日子吧。

没意思，刘婶鄙夷地说，啥活儿你赶紧干完，清清闲闲，热炕暖火的过冬，总比你这样子舒服。

这样子踏实。日子就是个忙，忙了快活，闲着心慌。

刘婶就转了话题，说她儿子今天回来了，和二姑的儿子儿媳在一个地方干活。小胖爸妈再有十来天才能回来，原因是工地上还有些扫尾活儿没干完，完了才能拿到工钱。听到别人家的孩子回家了，二姑心里着实的慌乱。二姑说，儿子这几天没来电话，她不知道情况，已到三九天了，也该到回来的时候了。她起身抖掉身上的玉米沫子，从玉米堆里刨出簸箕，用簸箕把玉米往铁皮粮仓里装。铁皮粮仓不大，圆柱形的，一个能装 3000 斤粮食，这是近几年人们为了防老鼠才发明的，远远看去就像蒸馒头的大蒸笼。二姑的玉米已经装满了两仓，这是第三个仓，估计搓完了院子里的玉米棒就能装满了，到儿子儿媳回来她就颗粒归仓了。

太阳跌落在了村西的山坳里，二姑收拾脱去金色衣裳的玉米棒，一棒棒整整齐齐地码在院边的柴房里。玉米棒烧火顺手，火力旺。清扫了院落，二姑抱柴火烧炕，顺手拾了鸡窝里的鸡蛋，塞在小麦仓里，埋在小麦里的鸡蛋一两个月不变质，不耗瓤。拾了鸡蛋喂了鸡娃猪娃，她长长地喘了口气。

这是二姑一天中最清闲的时间，一边做晚饭一边看电视。她不爱看当代题材的电视剧，里面的年轻人说话穿衣她都觉着与过日子无关，她不懂，最爱看的是抗战剧和秦腔。秦腔的胡琴一拉响，她就满脑子的小麦和玉米，小麦拔节玉米吐穗的声音似乎都能听得见。还有那村前的小河流淌声，村后山林的呼啸声都被胡琴拉动着，温馨而甜美，她能闭着眼睛慢慢地享受。

二姑的饭很简单，一锅面或者是一碟菜一碗米饭。做好饭那是孩子们都回家了的事儿，她做的糟肉和肉丸子是村里出了名的，也能随手炒几个家常菜，但她一个人的时候总是对肚子凑合了事。

从过了60岁生日那年起，二姑的瞌睡来得早了，晚上9点钟一过就眼皮子打架，头找枕头了。晚上也做梦，只是早上醒来记不清楚是啥，很少做过有头有尾的梦，就连梦见姑父也不是背影就是那双要穿特大号鞋底做的布鞋子的脚，好多次在梦中她努力要看清楚姑父的脸，都没如愿。

她是被邻居家的农用三轮车叫醒的，邻居明年要盖新房，趁着冬闲备料拉石头，天一亮就动工了。昨晚睡觉前天是灰蒙蒙的，月亮像被遮天的薄纱罩着，不太光亮。早上起床，居然飘起了雪花。二姑生着炉子，喝完早茶，这样的天气院子里是不能干活的，太冷。她把玉米棒弄到屋里，坐在暖烘烘的炕上搓起玉米来。

玉米粒珍珠似的嘀嘀嗒嗒往放在炕上的柳编簸箕里落着，小花猫躺在炉子旁边打呼噜，枣红公鸡咕咕咕领着麻花母鸡在门口打转转，就是不敢跳进房门来，二姑的手边专门给鸡们放着一根细长细长的竹子，谁跳进门来谁就吃一竹子。是天冷的缘故吧，麻雀们叫得更欢了，猪圈里却静悄悄的。二姑搓着玉米，心里说，这一棒是儿子儿媳，下雪了，天冷了，你们要一粒不差地落进我的簸箕里；这一棒是女儿女婿，你两口子也要一起落进簸箕里来；这一棒是小胖，你要把要学的全都收进你的簸箕里去。

你们都是我的玉米了，孩子们。二姑沧桑的脸上挂着说不清道不明的微笑。

（《江南文学精品选粹·烟雨飞花》，团结出版社2015年11月版）

梨花坡

　　雾蒙蒙，沙沙细雨梨花坡。那是一场40年前的雨，洗刷着山村的土屋，润泽着山坡的草木，吻开了一树树梨花；那又是一场离别的雨，从我的帽沿滴落，敲打着我的脸颊，弄湿了一个孩子的心。母亲拉着孩子，父亲的背篓里背着一家人的生活家当，在梨花坡悠闲的雨中走出村子。孩子的泪水模糊了眼睛，母亲顺手折了一束路旁的梨花，闻闻，她要将那淡淡的馨香留在自己的心间。而后，她抹一把脸上的雨水，把梨花束儿给了孩子：这是梨花坡的味儿，记住它，孩子。

　　梨花坡是西秦岭北坡山旮旯里的一个小山村，不到100户人家。梨花坡满山坡的酸梨树，进了三月，孩子们就唱歌似的喊，"三月里、三月半，桃花开、杏花绽，酸梨花急得脚踩烂"。梨花盛开时谷雨就过了，绿油油的山坡点缀上团团洁白，山风吹来，那股淡淡的清香就灌满农家土屋，院子里的鸡鸣狗叫声都攒动着梨花的清爽。

　　我出生在这片梨树林里，每年梨花盛开的季节，满山坡的红芪芽儿长一尺高了，紫红紫红的嫩嫩的，我和伙伴们像觅食的羔羊钻进树林，折一把吃，脆甜脆甜中略带淡淡的中草药味儿。有时我们还把梨花瓣儿摘下来泡水喝，那味儿和今天的冰糖雪梨可媲美。梨花落尽，指头肚般大小的酸梨就挂满了枝头，对吃糠咽菜的孩子们来说，那翠绿的生硬的梨儿就像人参果一样金贵，这棵树上爬去，那棵树上下来，尝个遍后挑几棵果儿不苦不酸的树记在心上。"酸梨饱肚杏伤人，李子树下埋死人。"这是我们那时节喊着的童谣，杏子不能多吃，吃多了会呕吐，李子更要少吃，多吃了牙酸胃胀，唯有酸梨能吃得人打饱嗝。到酸梨熟了的时候，家家都抢着去打，一背篼一背篼地往家里背，切成片晒干，和大燕麦磨成炒面，吃在嘴里酸里带甜，可当半年粮。我们却要挑出个大色艳味甜的酸梨埋在麦衣堆里，叫卧酸梨，十天半月后就全黑了，软软的，润肺凉心，可治热咳。一个孩子能有一篮子卧黑了的酸梨，就可做富翁了。

我不知道父母为什么要带我搬家，离开梨花坡到一个我连名字都没听过的地方去生活。但我只能跟着父母走，披着梨花雨踏着泥泞，离开了有我童年全部快乐的梨花坡。

那天的雨淅淅沥沥，好伤感，就如我不愿意离去的心事。走了不到二里地，我舍不得走了，假装走不动了。父亲就从背篼里取出几样物件，让母亲拿着，把我放进背篼背着，我如坐在摇篮里，晃晃悠悠，眼泪和着雨水流满了面颊。父亲哄我说，不哭了，等咱安稳了新家，你就去梨花坡看奶奶和二叔。听父亲的话，我的心稍稍安稳了些。是呀，还有奶奶和二叔呢，我还能去梨花坡的，伤心啥！

新家离梨花坡30多里路，父亲说，这不是新家，是咱的老庄，爷爷就埋在这里呢。以前闹土匪，奶奶带着他和二叔逃难到梨花坡的，咱是回到老庄了。村子叫小桥村，顾名思义，有桥，就有水。渭河支流大南河从村前绕了个弯奔腾北向渭河，在小桥村冲积成百亩肥沃的田地，要比两山相夹的梨花坡宽敞平坦得多了。我的族人把太爷爷给爷爷分家时分的一间土屋腾了出来，父亲在两天时间内造起了灶头，我们安下了家。土屋宽九尺，长两丈一尺，进了门一边是灶，一边是炕，没有什么家具，却被父母收拾得很温馨。白天，父母亲要到生产队干活，我没认识的人，跟屁虫似的父母走到哪儿我跟到哪儿；晚上，父亲总是有事儿出去，母亲在煤油灯下做针线活儿，我趴在身边看着，也不时地给母亲捣乱，在遭到母亲的惩罚后就胡思乱想，想我的梨花坡。

梨花坡有我很多小伙伴，每到晚饭后，一个串一个，聚到一起玩耍，玩打鬼子、捉迷藏、放电影……我们用纸箱纸盒做了台放映机，能用手电筒的光把纸片上的图案投到土墙上。我们还把几十个火柴盒重叠粘在一起，做了医生装草药的药柜，抽屉式的，装着各类自己采的草药，甘草、黄芩、黄柏、艾蒿、杏仁、枸杞、红芪、柴胡、半夏……我们认识的山上有的药材应有尽有，都是大家亲手挖的。知道手划破了，采棵白齿草揉出绿色的汁液涂在伤口上能止血；睡觉尿炕了，捋一把叫牛奶头的野果吃了就不再尿炕；狼牙刺的黑紫色果实绝不能吃，它是泻药，通便，吃了立马拉肚子。甘草、红芪之类的我们总是偷着吃的，有一回我把半夏当小豌豆吃了，结果中了毒，舌头吊得老长，口水成线地流，是妈妈弄来一碗酸菜浆水吃了才缓过来的，之后父母就不让我去玩抓药了。我们的头儿也得了教训，药柜里不装杂七乱八的草药了，改装酸梨片、杏干、大豆、小豆之类的可吃的东西了。梨花开了，我们采下梨花瓣，它可是有用的东西，口干了含几瓣在嘴里，那股清爽劲是无法用言语表达的，它还能去面部粉刺呢。想着梨花坡我就想哭，就会偷偷地流泪。

这一年，我上学了，偶尔奶奶来看我一回，我一直没能去过梨花坡。秋季开学后，父亲忽然对母亲说，他要去梨花坡，二叔打了些酸梨，叫他背回来切片磨炒面。第二天早晨，我逃学蹲在家门口那棵大核桃树下猫着等父亲，我也要去梨花坡。父亲从生产队借了一头毛驴，备上驮鞍，喝过早茶后动了身。父亲快要走出村子时我跟上了，不紧不慢保持着距离，怕被父亲发现，靠着路边的树木走，尽管走得鬼鬼祟祟，还是被父亲瞅见了。父亲没责备我，让我骑上了毛驴。他说想领着我去看奶奶的，怕耽搁了我的学习，就没对我说，既然我偷着跟来了，就高高兴兴地回趟"娘家"吧。是呀，梨花坡是我的出生地，是我的娘家，我骑在毛驴背上，还真有小媳妇"回娘家"的那种情调。

　　进了二叔家的院门我就没有消停过，村里的伙伴们听说我来了，跑来找我玩，我们就去了坡上的梨树林，去找那棵麻梨树了。麻梨的名儿是我们给它起的，这棵树上结的果子和山楂果一样大小，呈金黄色的，表面就像用针尖刺上了黑点子，麻子脸似的。但是酸梨果很甜，是我们挑遍了梨花坡后找出来的果子最脆最甜的一棵树，大家都记着它。爬上麻梨树，我摘了一书包麻梨，这是我要拿回去卧的，不能有创伤，伤了的梨卧时会朽烂掉。伙伴们把他们摘的都给了我，在二妈寻上来喊我吃饭时，我的书包已经装得满满的了。饭后，我还没来得及和伙伴们玩耍交谈，父亲就逼着要回去了。天色不好，阴沉沉的，要下雨了。其实我有很多话要和伙伴们说的，我上学了，大家很新鲜，梨花坡没有学校，他们还整天在山坡上野玩着呢。要我说学校的事，都没来得及说，父亲就把一口袋酸梨搭上了驴背，毛驴也吱吱嘎嘎叫着要走了。

　　一阵秋风吹过，天空落下了绵绵秋雨。奶奶背着我，送出村子，把我放在驴背上。我走了，在雨幕中我扭头望着站在村口的奶奶和那几个最要好的伙伴，我流着泪，把装满麻梨的书包紧紧抱在怀里。啥时候再能回到梨花坡，能和伙伴们放一回"电影"，抓一阵子"药"呢？

　　我第二次回梨花坡时已经上了中学，因为奶奶在我们搬家的第二年就和我们住在一起了，父母亲没有了牵挂，也就很少去梨花坡。父亲说梨花坡让他伤透了心，他不愿去想的。

　　我是随学校宣传队去的。梨花坡的农田基建搞得好，县上挂了名，是全公社学习的榜样，我们学校的文艺宣传队去慰问演出。我不会跳舞，唱歌五音不全，可我能提毛笔随便写几个大字，老师就领着我写标语。那是深秋时节，秋庄稼已经归仓，冬小麦也播种完毕。梨花坡的景象让人震惊，村子周围的山坡地几乎全被修成了水平梯田，一台台平展展的。梯田边上的酸梨树几乎都嫁接成了梨树，树叶经霜，一片火红，和桦树叶的金黄相辉映，似乎走进了一幅巨型的油画里。宣传队去劳动场地演出，我们几个的任务是描字。老师指着半山坡上立着的一排标语墙说，一人描一墙，用心描，不能描走样。我抬头望去，五堵墙壁一字儿从东至西在半山腰立着，红色的大字镶嵌在白色的墙面上，耀眼极了。我们每人提半桶兑了水的红土，捏一把油漆工用的大扁刷子，窜进绿荫分别向写字墙爬去。

站在半山腰，放眼望去，村子就在脚下，我寻找着童年的记忆，辨认着一家家院落，从中找寻着我出生的那间土屋。麻梨树犹在，二叔的房屋清晰可见，唯有那间土屋不见了，取而代之的是一排半旧不新的青瓦房——梨花村村学的校舍。一丝伤感悠悠地在我心头涌动，站在梨花坡，她却离我远去了。

这天我见到了儿时的伙伴们，他们有的正上小学，有的已经在生产队挣工分了。昔日的娃娃头儿上了三年小学后在生产队当了记工员，有个段子说："梨花坡呀梨花坡，满坡没个识字人，写副对联也要翻山越岭去求人。"识字人奇缺，我们的娃娃头儿被生产队重用了。他告诉我，满坡的梨树都是我二叔在酸梨树上嫁接的，二叔嫁接梨树的照片登在县里的报纸上了。是我二叔一个人嫁接的？我问。记工员说前两年就二叔一个人，后来带了好几个徒弟，嫁接活了3000多棵梨树呢。有金平梨、化心梨、香蕉梨好几个品种呢，每年梨儿成熟的季节，各家要分二三百斤梨呢。酸梨树上嫁接的，味道和品相好极了，这两年他把他家分的拿到集市上卖了，能支撑大半年的开销呢。我忽然想起一句话来，"金平化心好吃，是苦酸梨的根本"，喻的是人不能忘本，忘了自己的根基。

要离开梨花坡时，我跑到二叔家，特意向二叔要了一张他嫁接梨树的照片。这是一张五寸黑白照片，二叔戴着一顶草帽，正在给刚刚嫁接好的树做蜡封。二叔笑得很甜蜜，酸梨树桩的直径有三四厘米，嫁接上去的梨树枝条有十来厘米长，叶芽儿鼓鼓地，正蓄势待发呢。我把照片小心翼翼地夹在课本里，装进书包，我要留着它，作为这次回梨花坡的纪念。

中学毕业后我就离开了家乡，一直没能再回到梨花坡。随着年岁增长，对梨花坡的思念越来越浓烈。

去年冬天，二叔病故。接到消息，我连夜奔向梨花坡。二叔给我的记忆还是那张戴着草帽，笑眯眯嫁接梨树的照片，我跪在他的灵柩前，脑海里的照片在慢慢放大，占据了我心的全部，泪水就哗啦啦冲出了眼眶。堂弟扶我起来，安慰我说，70多岁的人了，曾孙子都叫太爷爷了，现在走了是喜事，咱不哭。去世的前两天还在村里转着，只在炕上躺了两天，一点罪都没受地走了，咱不哭。我还没有过失去亲人的经历，父母亲还健在，二妈的身体也硬朗，二叔是父辈里第一个逝去的人，我的眼泪不受控制，但我没哭出声来，其实这哭不出声的哭更让人心疼。堂弟把我安排在偏房休息，进门就和儿时放电影的伙伴撞上了，我从药柜里偷吃了半夏的那位"医生"也在，生产队的那位记工员也来了。他们说这丧事咱要以喜事来办，七十古来稀，红白喜事嘛！

这个晚上，我们温习了一遍童年，是那么的津津有味。又谈论今天各自的生活，当然主题是儿女们。和我们这一代人相比，儿女们是幸福的，各自都有自己的事业可干。"医生"的儿子在乡卫生院做了医生，中医看得很出名；记工员的女儿在县城工作，成了家，有了孩子；放电影的伙伴的两个儿子都在外面打工，常年在外，只有老人留守家庭，听说儿子们在城里买了房子，不打算回梨花坡了，这多少让人有些伤感。

坐到半夜，来了一位和我父亲一样瘦骨嶙峋的老人，进门就咳嗽不止，老人得了哮喘病。看着他难受的样子，我赶紧让他上炕坐了，捅旺了煤炉煨上罐罐茶。老人问我父亲身体咋样，我说比你好点，80岁的人了，还能自理生活。老人长叹一声，有话要说，又嗯嗯叽叽。他呷了一口茶，咳嗽稍微缓了点后说，他年轻的时候当过民兵连长，和我父亲有过过节。我恍然明白，他也许就是父亲说的伤透了心的原因之一。我该怎么面对他呢，恨吗？当我重新打量他时，我又恨不起来。他的脸被咳嗽焐成青紫色，花白的头发稀稀落落，一撮山羊胡须翘在下巴，让人读出他的倔强。他说，他没念过书，不明事理，就跟着"运动"走，做了对不起我父母亲的事，让我的父母从梨花坡起身走了。这些年他一想起那时就不能原谅自己。他常常打听我父亲，知道日子过得好，心里也就稍稍好受些。他说，其实我父亲当时搬家搬对了，小桥村比梨花坡条件好。听着老人的忏悔，我平静地说，都过去几十年了，不提它了，我父亲早已放下了，您也就别再想了。

其实，对于死亡，只要你想开了，就那么回事，任何生命都避免不了的。二叔走了，我们祝福他老人家一路走好，为他准备了充足的冥币纸钱，现代人享受的电视轿车别墅也是应有尽有，希望他在另一个世界里生活美满。二叔在家里停放了7天，我们哭哭啼啼地将他送入了梨花坡的泥土，入土为安了。

天空飘起了雪花，纷纷扬扬，半小时左右的时间，整个梨花坡就一片洁白，如我身上的白色孝衫。山坡的梨树枝条臃肿，雪花一朵朵叠去，又一瓣瓣飞落，就如满树的梨花飘落，盖住了二叔的坟头。霎时间，世界一片银白，天地浑然一体，就在这"千树万树梨花开"中，我离开了梨花坡。

走出梨花坡，我回首眺望，满山坡的梨树遮蔽了我的眼睛。恍惚间，二叔笑盈盈地站在梨花丛中，粗糙的大手伸向我，似乎要挽留我。

（江山文学网·精品2017年3月29日）

七月殇，八月痛，九月愈

之一：我以圆月安魂灵

七月二十二日，二十四节气中的大暑。

今晚的月亮别样的皎洁，没有一丝的云彩，只有几颗星星稀稀疏疏地陪伴着圆月，是那样的安宁。要是往日，晚上10点多横穿村庄的公路上会车来车往，虽不热闹，却也不是这么静谧。清晨，岷县漳县发生的6.6级地震使武山县南山区的杨岷公路滑坡，新修的侯堡至白铁钩公路中断，我们出山的门户关闭了。

武山县沿安乡和岷县接壤，武山人跨县赶的是岷县马坞的集。震中离我们村的直线距离约50公里，早晨7点45分的地震和9点多的余震都使我们惊恐万状。昨天下了一昼夜的大雨，麦收季节的人们都累坏了，借着雨天睡懒觉的特多，我也是其中的一个。是轰隆隆的地声和摇晃的房屋、震荡的窗玻璃把我从炕上揪起，冲出房门。精明的女儿已在院子中央大喊"地震了"！勤劳惯了的妻子早已起床去看河滩地里的麦子被暴涨的河水冲淹了没有。当我光着膀子站在当院时，窗玻璃还在当当当地抖动着，对面山上的野鸡在乱叫，身边的大黄狗蹿来蹿去，焦急不安地乱跳乱吠。抬头看天，晴空万里，太阳已照在西山的山巅，空气是那么的清新。低头看地，被大雨洗刷过的草木葱绿，麦田金黄，原野湿漉漉地泛着勃勃生机。这么美丽而多情的土地怎么就在瞬间暴跳如雷了呢？

关于地震，这几年我们承受的够多了。汶川、玉树、雅安……到今天的岷县漳县，救援、重建，我们在尽全力与自然抗争，对抗灾难的挑战。然而，谁也阻止不了地球板块的运动。兰州—天水地震带正在活跃期，面对它的运动造成的灾难，我们束手无策，只有救援。

梅川我去过，禾驮我去过，茶埠我也去过。崇山峻岭，路况很差，救援人员和物资很难到达。电视传来的画面是震中的灾民没有食物，住在铺着麦草的帐篷里，点着蜡烛照亮，我的心紧缩了，"我的乡邻，坚持，一切都会好的"！

岷县山区的民房几乎都是土坯房，哪有抗震能力！倒塌，被滑坡掩埋，人的生命怎能经得住如此的重压呢！坐在我身边的妻子流出泪来，说："和梅川相比，咱村塌的几间房，淹了的河畔的麦田就算不了啥了！"

是呀，绕村而过的马坞河河水一夜暴涨，河畔的田地不同程度地受损。麦田里灌满了水，一整天妻子都在痛苦之中。"家园安好，人畜无恙，就是万福！"我说。

是刚刚经历过灾难的缘故吧，这夜我难以入睡，三番五次地坐在院子里，听河水万马奔腾般地咆哮，看皎洁的圆月。这么圆的月亮应该是守护着万家团圆的，怎么就平添了家园被毁、亲人遇难的悲痛呀？午夜时，天空出现了云朵，赶羊似的遮住了圆月，我似乎听到了月亮的哭泣，看到了嫦娥舞着广袖在为地震中死难的人们安魂。

之二：河岸上的树

"7·25"暴洪过后，我一直在整理自家的河滩地。

这地是我 20 年前围滩造田时垦成的，养活了我们全家 20 余年。那一年春天，我用滩头的石头顺着河岸垒了一道石墙，形成了地埂，等到雨季河水暴涨时灌进滩头，让洪水裹挟的泥沙沉积下来，形成平展展的土地，秋天种上了冬小麦。第二年春天，麦苗长势不错，为防洪水，就在地边栽上了柳树和杨树。后来逐年补栽，不光杨树和柳树，洋槐、榆树、杏树、酸梨树都有，栽成了一条绿色的屏障，把田地护得严严实实。

我们的村子叫桥子下，大南河上游的马坞河绕村而过。正常年份的马坞河流量只有 2 米／秒左右，河岸最宽处也就五六米，在河面支几颗大石头就能过河。河水清澈，水质清洁，是一条温顺而美丽的河流，灌溉着两岸的千亩良田，养育着流域内的生灵，孕育了当地的地域文化。从关中过陇山进入藏区最为便捷的茶马古道就是从洛门逆大南河溯源而进至岷县马坞古堡的，从唐代至明清，这条道一直畅通，马坞古堡是西北茶马互市的主要集市之一。如今的公路也是顺着大南河修的，河与路并行，时而交叉，时而分开。在马坞河 20 公里的流程中，岸旁成为百米绿色屏障的树只有进入桥子下才有，那就是我的树，我的河岸地埂边的树。

这场暴洪在马坞河的记忆里要追溯百年，它就在刹那间摧毁了我那百米鲜活的绿莹莹的生命！马坞河成万马奔腾之势，势如破竹，铺天盖地而来。它横冲直闯，流域内所有的便桥无一幸存，能够触及的庄稼无一粒收获。一夜间河岸宽处超过了 60 米，两岸的树木被连根拔起，挟裹而去的、东倒西歪埋入泥沙的、拦腰折断的、无枝无叶只存光杆树身的，惨状目不忍睹。

我那河滩地成了河底，几天前刚刚收割完，没来得及拉回家中在地里摞着的麦垛子，踪影全无，一年的收成绝了。唯一能看得见的就是我那河岸上的树！它在洪流中挣扎着、与激流抗争着，就像脱缰的野马的鬃毛，在洪黄的激流中飘舞着绿色。三天后，暴洪逐渐退去，地边的百米绿色受到了毁坏，断成了四截。村民们在叹息田地被毁的同时也都为树而长叹，但谁也无能为力，暴洪之后雨又停停下下地折腾了一个星期。

天晴了，又过了近十天马坞河水位才降到人能蹚水过河，开始整理耕地，收拾残留的庄稼。我那肥田沃土变成乱石林立、沟壑纵横的滩头，土地找不回来了，我只有整理我的树。我一动工，村里有河滩地的村邻都来了，我们把冲倒了的树能扶起的扶直，去掉树梢，减轻自身的摇摆；把倒在水里的砍掉，疏通河道，在冲开的豁口处又插上杨树和柳树枝条。希望枝条能够生根、发芽，把这百米绿色重新连起来。

暴洪催人反思。退耕还林还草，山青了，林茂了，自然生态恢复了，"7·25"的降水泡透了12层红砖也没出现山体滑坡，山地里的庄稼毫发无损，为什么偏偏就毁了河畔的田地？人们围滩造田，田地占了河道，只给马坞河窄窄的一条羊肠子路行走，地边的石墙就像河的枷锁，限制了河水的自由奔放，暴洪的毁坏实际上是夺回了原属于河的地盘。所有围滩造田的石墙和护坡荡然无存，唯有河岸上的树显现着绿色，给暴洪过后的废墟点缀着绿油油的生机，也给了庄稼绝收的人们些许安慰。

反思归反思，由于人多地少的缘故，人们还是顽固地想使耕地复原。树还在，地就还会有的，我也开始整理起我的河滩地来，被洪水带走的，我必将要它还回来。但是，这次我没有垒石墙，时已入秋，我在百米绿障的豁口处撒上了树种，当它生根、发芽、成树的时候，河水会重新在废墟上冲积泥沙，还我肥美的土地，给我金黄的麦子。

今天，当我把废墟中的大石头，树根树枝清理完，把沟壑填平时，地的雏形已具，最为奇迹的是插在百米绿色屏障豁口处的杨树和柳树的枝条发芽了，有的都长十来厘米了，叶片也圆了。啊，杨柳树，你这打不垮，冲不死，砸不烂的顽强生命！无论春秋，只要有水，只要插入泥土，你就展现生命，勃勃向上。你给灾难中的人们做了好榜样，给了他们生存的力量。

之三：秋雨沙沙好耕田

山梁弥漫着乳白色的晨雾，雨是深绿色的，沙沙秋雨清爽爽地飘洒着。斜风细雨是那么潇洒，洒在山野，树木焕发出勃勃生机，绽放着深秋季节特有的朝气，为迎接冬的到来储备着力量；洒在泛着红晕的玉米地里，为丰收汲取着最后的玉液琼浆；洒在果园里，黄澄澄的梨、红彤彤的苹果做着成熟期的洗礼；洒在田地间，地埂上的黄菊花昂起了头，舒展着笑脸。黄菊花，种麦花，黄菊花开放，冬小麦播种的时候到了。

清凉凉的秋雨滋润着大地，如珠似玉，淅淅沥沥。在雾霭雨幕之中，在漠漠山地里，那戴着草帽、披着雨衣犁地种田的人们，神情是多么地舒畅。前些日子等雨播种的焦躁今日被沐浴了个精光，吆喝牲畜的声音是那么洪亮而悠扬，微耕机的轰鸣也流淌着浓浓的乡土诗意。

一年之计在于春。其实，这话在西秦岭北坡的山山峁峁、沟沟坎坎并不准确，秋天才是庄稼人最要紧的季节。冬油菜籽要在初秋播种完毕，冬小麦的播种始于白露，终于秋风前后，主要的经济作物是药材柴胡，它和冬油菜籽一起套种产量极高。而春天的播种只是少许的栽瓜点豆种洋芋的事，青稞大麦、豌豆燕麦、大荞小荞之类的杂粮这些年都被中药材的种植取代了。

秋天的田野在农人心中就愈加地厚实而忙碌了。刚刚收获了庄稼的人们又要不失时机地撒下种子，播种来年的希望；刚刚收获了庄稼的土地又要开始孕育新的作物，一籽落地，万粒归仓是庄稼人年复一年的梦想。沙沙秋雨就是梦想的前奏，滋润着梦，给梦追墒，让梦发芽，茁壮成长。

　　雾霭在加厚，雨滴在加密。每当种子撒落，化肥施进土地，就得把地犁完，即使下雨也没有任何一个庄稼人会把耕作停下来。水平地里是微耕机的轰隆声，陡坡地里是吆喝牲畜的声音，各种声响交杂着飘出雨雾，缭绕在山的脊梁，奏成秋最抑扬的旋律。浓浓的雾，细细的雨，扶犁耕作的农人，映衬着大山构成最美的田园画卷。雨的清凉，空气的清新，犁铧翻起的泥土的馨香，被徐徐的风炒作成山梁沟壑最甜美的气息。俗语说"晒流油的碾场，扯泥花的麦子"，说的就是打碾麦子一定要火辣辣的太阳才好，种麦子时节土地湿得能扯起泥花花才佳。看来今年的麦子播种是赶上墒情了。

　　秋雨沙沙，心里甜甜，沙沙秋雨好种田！

（江山文学网·精品2015年4月7日）

父　亲

现实生活中有那么一些人在拼爹啃娘，所以，关于父亲的话题在今天提起就有点儿沉重。尤其对于一个农民的儿子，能从父亲手上继承的物质财富确实有限，农家小院、土地和耕牛、粮仓里的余粮、节衣缩食积攒的极为有限的余钱，仅此而已。我就是这样，但我是幸福的，因为我有父亲。

山里人靠山吃山，从我十三四岁起，父亲就带着我进山采山药、背山货，在山林里寻找赖以生存的物质。春天，林木复苏，山花烂漫，山野姹紫嫣红。我也学着父亲的样子把绳子往腰间一系，斧子往腰间一别，跟着父亲进山背山货去。抬杠、锨把、镐把、连枷把……遇着啥砍啥，天不亮进山，黄昏出山，再背到公社供销社卖掉了才回家。秋天，山野果实累累，是成熟的季节，野生中药材开始采挖了，父亲领着我天麻麻亮上山，月亮升起时回家。黄芪、红芪、党参、三七、黑药、茯苓、细辛……遇着啥采啥，背到公社药材收购站卖掉，给全家人添置过冬的衣裳鞋袜。

是父亲领我认识了大山和森林，它就是聚宝盆，开启它的钥匙叫作勤劳，只要勤劳，想要什么就有什么。

父亲有句话："男儿十五有夺父之力。"是说 15 岁的男孩子就能替父支撑家庭了。在上初中时我就学会了犁地。家里养着匹白骒马，被父亲调教得通了人性，听到父亲的声音就发出哄哄哄的呼唤声，鸡蛋般的眼睛也脉脉含情，任父亲怎么使唤都百依百顺。犁地时父亲把拉犁的枷板拿起，它就会自己把脖子伸进枷板，无论地平还是陡、宽还是窄，父亲都能左回右转，精耕细作。如果地里有暗石，铧尖一撞着石头，白骒马就立即停住，等父亲把石头搬了，再继续向前拉犁。15 岁那年，我从父亲手上接过了犁把。起初父亲不放心，总是和我一起上地，教我怎样扶犁，到了地头怎样回马，怎样和白马沟通交流，使其听话，只几天我就能独立劳作了。父亲又教我撒种子施肥，我学会了种田，成了一个啥农活都能干的农家少年。

我喜欢犁地，每到学校放暑假，庄稼一上场我就牵着白马犁荏秆地。天麻麻亮上地，太阳照到地边后休息，父亲说这段时间凉快，人和牲口都轻松。每当犁完一块地，我坐在地边往外倒灌进鞋里的泥土，白骒马在地边欢快的吃草时，我会望着新翻的土地哼几句歌儿。湿漉漉的土地喷发着泥土的馨香，闻着泥土的气息，心里就甜津津的爽。我知道，天下的生灵都是土地的寄生虫，没有谁能不食土地所给予的食物而生活的。伺弄土地就是养活自己。

是父亲教我认识了土地，深爱着土地，它是我取之不竭的财富源泉。

天下父母都有望子成龙的企盼，父亲也不例外。中学毕业后由于家境贫寒，我打消了考学的念头，但又不安心在家待着。父亲有位朋友在青海海北一个火车站工作，我叫他刘叔。刘叔探家时要我随他去青海海北，想办法给我找份工作。父亲也同意我去，并告诉我青海铁路上有他好几位朋友，都是和他一起修过宝成铁路、兰青铁路的。那时父亲在西北铁路局铺轨架桥队，兰青铁路通车后父亲就回了老家。当时正值三年困难时期，奶奶和姑姑快要饿死了，写信向父亲求救，为了家，父亲就回来了。留下来的工友都在青海，我去了也许有能帮上忙的。

　　然而，我到海北草原，在火车站卸了两个月的货物后，刘叔为难地说，没能料到呀，他本来是想把我安插在铁路知青大队里，然后安排个工作的，可我的户籍没办法，插不进去。当年知青安置工作也结束了，他是束手无策，无计可施了。我明白了刘叔的意思，卷起铺盖离开了美丽的海北草原，回到了自己的村子。

　　我折回村里成了村民们的笑话。父亲说，别人说啥咱管不着，回来也好，他把堂堂正正的一个铁路工人给丢了，又让我去找，可能吗？《国际歌》里有一句词是"要创造人类幸福，全靠我们自己"，靠谁呢？靠自己吧！这是我第一次出门奔前程，回家后父亲的话至今记忆犹新，因为它让我受益终身。

　　后来我成了一名乡村教师，在工作和生活中，无论遇到多大的困难，总要想方设法自己去克服。父亲教过我"万事不求人"，前后各放置一面镜子，自己给自己理发，自己能把自己的头理了，确实求人的事儿就不多了。可是我试着做过，自己给自己理发，只能理个光头。我对父亲说，我要留分头，咋理呀？父亲笑眯眯地摇着头，当然是理不了的。那还叫"万事不求人"吗！父亲没再说话，他笑着指了指自己的脑袋，意思是让我动脑筋想去。后来，我终于想明白了，在现实生活中有些事是必须求助于别人的，或者是要合作才能完成的。我知道父亲是要我自己能做的事一定自己做，不要依赖他人。

　　父亲今年76岁了，儿孙满堂。在7年前的一次意外事故中摔伤，左腿跛了，去年眼睛也看不见了，今天只能借助一根拐杖行动，拐杖既是他的腿又是他的眼睛。但是父亲的生活依然能够自理，愉快地生活着。他把自己比作一台旧机器，已过了报废期，还能运转着，享受着天伦之乐，足够了。

　　金钱和物质是有价而有限的，父亲一生给予我的要比票子、房子和车子珍贵得多，父亲教会了我怎样去自食其力，是无价而无限的。因为父亲，我今天的生活幸福美满。

愿父亲健康长寿，和儿孙们一起快乐幸福地生活！

（江山文学网·精品2015年3月19日）

陪父母多坐坐

　　晚饭后，我照例走进父母亲的房间，坐在炕前的凳子上和在炕上盘腿坐着的父亲说话。母亲忙着她一生也忙不完的家务，也时不时地插嘴我和父亲的谈话。80岁的父亲和50多岁的儿子之间竟然有那么多说不完的话，从地里的庄稼到我工作的事儿，从兄弟们的生活到孩子们的上学，从亲朋好友到村舍邻居，从过日子到为人处世，父亲总是有他让人无以反驳的理由，他那阅尽世事沧桑后的话语总让我服服帖帖。也有想法不同看法不一的人和事，或者争论，或者保留，但都是那么心平气和。偶尔有些时日我因工作外出，也要在出门前向父母亲念叨一声。出门回家，首先要进的是父母亲的门，说声我回来了。半生这样过来了，已成了习惯。

　　我弟兄5个，从小我和奶奶睡一铺炕。爷爷去世早，父亲弟兄三个是奶奶一手拉扯大的，分家后奶奶和我父亲一起生活。那时候每晚睡觉前父亲都要到奶奶房间来坐一袋烟的工夫，和奶奶说说话，查房似的摸一摸奶奶的炕热不热，看看尿盆提进来了没有，然后才去休息。一直到奶奶去世，父亲每晚做功课似的从未间断过。奶奶告诉我，父亲孝顺，勤快。我记着奶奶的话，"百善孝为先"，父亲的言行深深地刻在了我兄弟们的心里。父母亲老了，兄弟们便像他陪伴奶奶一样去陪伴他们。他老人家很高兴，说："人到老了，什么都不怕，就怕孤独；什么都不缺，缺的是儿女们的陪伴。如今我和你妈妈啥都不缺了。"

我们所做的只是多陪父母亲坐坐，而父母亲得到的就是快乐，说儿女们孝顺。我们弟兄从父亲身上继承下来的也传给了我们的下一代，父母亲看着很高兴，说自己活得很有尊严，是村里最幸福的老人。

父母亲有 10 个孙子，7 个上了大学，毕业了的已经参加了工作，上学的正在设计着自己的未来。细细想来，我们家庭的今天，归功于优良的家风。家风的形成，功在父母。父亲的孝顺，开启了一个家庭的勤俭、和睦、仁爱、诚信与自强的家庭风尚。

和父亲在一起，常说勤俭。天道酬勤，也许付出了不一定得到回报，但不付出一定得不到回报。弟兄们中谁偷懒了，谁地里的草没有锄拔，谁早上起得迟了，父亲都要说出来，进行训导，正所谓"子有过，应训之"。父亲对"俭"的诠释很认真，常常说："吃饱了要想到饿的时候，穿暖了要想着冷的时候。"更有一句"油饼不能下肉吃"的极为形象的警句让人受益匪浅，意思是身在福中要知福，要知道节俭，人要知足。反对不必要的摆酒设宴，挥霍浪费。勤俭不是一时的节约，而是一世的努力。

"家和万事兴"，一个家庭的和睦主要在婆媳、妯娌之间，母亲的宽容和大度使得我们的家庭在一口锅里吃饭的人口达到 14 个，做一顿饭要两个女人紧紧张张的劳作时，父亲提出了分家，"树大要分枝，老大、老二分出去过吧"。在哭哭啼啼中一个家庭才分成了三个家。"分家不分心"，父亲这样说，弟兄们就这样做，谁家有忙活，大家一起干，互相帮助，互相扶持。家族和睦，还要邻里和睦，村里大大小小的事儿父亲都要我们力所能及地去做，助贫扶弱，惩恶扬善，力所能及地促进村邻间的和睦相处。花草树木皆有生命，鸟兽鱼虫都是命，我们要珍爱这一切，和大自然和睦相处。

忠孝仁爱显人品，勤俭耕读展家风。孔子在回答弟子樊迟"何为仁"的问题时回答说："爱人。"即宽恕的待人之道，"忠恕之道"。父亲没有多少大道理讲，可是他的言行却默默地引导着儿女们宽厚待人，忠厚为人。我们的家族中没有坑蒙拐骗者、乱占便宜者、违法乱纪者。诚实是本分，自强是美德，凭着一双勤劳的手，干自己的事，闯自己的天地，靠自己把日子都过得红红火火。

　　对于一个普通家庭，虽然没有提炼精纯的家规家训，但是这些渗透在日常生活中的家风我们要代代传承，使其成为一种稳定的道德规范、为人之道、生活作风和生活方式。有了好家风，才有好民风，家风正则民风淳，家风正则国昌盛。

（《武山文艺》2017年第1期）

上 坟

　　武山人上坟，是在春分之后，清明之前。这个时候，各家坟茔飘起纸幡，纸钱就梨花般挂满坟茔树枝，在柔柔的春风中舞动。酸梨花还没睡醒，杏花也才吐蕾，桃花正悄悄地绽放，给上坟祭祖添染上几分庄重肃穆，几分希冀向往。

　　儿时，一个节日挨一个节日地盼，春节一过，看完二月二邻村的大戏，就盼望着上坟了。那时不知时令，就等柳树抽芽、杏树吐蕾，一看到杏树枝头泛起点点红晕，就怯怯地问父母上坟的事儿。母亲总是说："等着吧，桃花还没开哩！"于是就盯着村边坟茔的桃树，等那桃花红。

　　我们这代人的童年是在那个特殊的年代度过的，上坟祭祖也不能太大张旗鼓。常常是父亲在上坟前的晚上做几个纸幡，打几叠纸钱，再让我和弟弟们用印板子拓些纸票，第二天大人们放工，孩子们放学后去上坟。尽管如此，上坟还是能吃上可口的食物的。母亲会为上坟提前几天做准备，她会在生产队上工时偷空剜些野菜，诸如茇茇菜、蔓菁芽、仙麻芽之类的捡到篮里的都是菜，存到上坟时变着花样儿做给我们拿到坟茔去吃。尤其是仙麻芽，只要刷着皮肤，就会立马红肿，痛痛痒痒的难受死了，可经母亲的手和腌肉一道装进锅子，就是难得的美食了。记得我们家每年上坟都能吃到它，每每吃起，母亲总会说："仙麻芽芽上坟哩，养下的女儿吃人哩！"母亲一直想要个女儿，她认为女儿是坟茔里出的，上坟吃仙麻芽，就能生个女儿来。

孩子们挑着纸幡，大人们背着背篓，拿着铁锨、镢头，用牲口嘴笼提着锅子，竹篮里提上纸钱，浩浩荡荡向坟茔走去。每个家族都是如此。进了坟茔，点燃香、烛，给锅子加上火，咝咝响着，溢着香味。然后，大人们给坟头培新土，孩子们将纸幡插在坟头上，满坟茔挂纸钱，坟茔就"千树万树梨花开"了。一切妥当后，大人们按照辈分跪着烧纸钱，孩子们放鞭炮，那让人馋涎欲滴的锅子终于从祖先的面前移到孩子们中间，筷子翻舞，一抢而空。长辈们开始指着一个个坟头给小辈们指认：那是太爷爷、太奶奶，这是祖爷爷、祖奶奶……太爷爷活着时怎么怎么，三爷爷又是何等地辉煌。年年如此这般地讲一遍，目的是要小辈们认祖，记住祖先。

今天，春分已过清明将至，又到了上坟时节。尽管干旱，杏树梢梢还是像蘸了红，桃花也如期地开了。该到我做纸幡打纸钱了，尽管市场上有卖的，但是我还是学着当年父亲的样子亲手做，也让孩子们用印板拓票子。我也坐在坟茔里，指着一个个坟头给孩子们讲爷爷奶奶以及爷爷奶奶的爷爷奶奶的故事，让孩子们记住自己就是这坟茔里长出来的树，无论走多远，根永远在这坟茔里。

有人说，坟茔是人生命的后院，想想也是的。如果说活着在家园里劳作，死后就去了坟茔休息，生命的过程其实就是从前院走向后院的轮回。所以，每到春风吹过，万物复苏的时节，前院的儿孙们就要去后院看看祖先，拔拔院落里的荒草，修补一下房子，送点钱财，让后院的祖先过得洁净些、富裕些。所以，上坟的过程是和祖先对话的过程，是给生命的树浇水施肥的过程，它开的是孝敬的花，结出的是爱的果。

（《天水晚报·文化周刊》2013年8月31日）

迎喜神

    山里人过年和城里人有很多不同的习俗，在武山南山，大年初一的头一件事是迎喜神。清晨，早早起床，拉开房门的同时放个爆仗，叫作开门炮，也叫开门喜。之后，全家男女老少洗漱梳理，穿上新衣，准备迎喜神。

    《说文·喜部》："喜，乐也。"本义为欢乐、高兴。引申为值得庆贺的事。古人认为不孝有三，无后为大，所以怀孕的委婉说法是有喜。《说文·示部》："神，天神。引出万物者也。"喜神，就是能够赐予人们一切欢乐、高兴、庆贺的万事万物之精灵。

    紫气东来，但喜神不一定从哪个方位降临，这要从天干地支、六十花甲推论。常常是村间长者、智者将方位论定后，将指定的方位地点清扫干净，插上五色彩旗，全村男女老少便在同一时间去叩拜迎接喜神的莅临，将喜神迎回自己的家去，希望在新的一年里快乐幸福、万事如意。

    迎喜神的整个活动，充满了人们对美好生活的向往和谋求幸福的激情。仪式一开始，家家户户都敞开房门，扶着老人、抱着小孩，全员出动，朝指定的方向而去，朝拜、焚香、叩头。对于日出而作，日落而息的人们来说，这种膜拜，是对苍天厚土行礼，是一种感恩。感恩泥土生长五谷粮食，感恩苍天施与阳光雨露。之后，大家聚在一起，互相敬烟、敬糖，尤其是一年中很少出门的老者、病者们，这时候就是村邻们问好、祝福的焦点人物。

同时人们还要牵出自家的骡马驴、赶出牛羊来迎喜神。骡马驴牛羊都要挂红，头顶用红布扎朵大红花，朝着喜神的方位去饮水。有彪悍的年轻人跨上马背、骡背，有小孩儿骑上驴背牛背在旷野奔驰。摩托车、三轮车、汽车也是全员出动，挂上大红花朝着指定的方位驶去，迎接出入平安之喜之福。这期间，村邻们的说笑、马达的轰鸣、牲畜的嘶叫、鞭炮的爆响构成了一幅特殊的田园春节图让人咀嚼。这一欢乐的迎喜场景要延续一个多小时，结束后人们按族里辈分相邀，晚辈开始给长辈拜年。

迎喜神，看似一种迷信，但又有所不同。它是一种向往，一种祝福。在这一时刻里，不同的人有着不同的祈愿。生意人祈愿生意兴隆，务农的祈愿粮食满仓，养殖的祈愿羊生双胞，求学的祈愿金榜题名，老年人祈愿福寿有余，病弱者祈愿身体健康。人们共同祈愿着幸福、安康、美满。

现在的孩子们衣食无忧，也许对迎喜神的企盼没有我们这一代人强烈。我们的少年时代缺衣少食，一年一套新衣服就等迎喜神时才能穿到身上。所以，除夕接先人、陪先人，不睡觉，就等初一早上穿上新衣服放爆仗迎喜神，那股乐劲让人至今记忆犹新！

（《天水晚报·文化周刊》2014年2月22日）

年　味

　　年节，是中国传统的民俗大节。新岁之首，万物生发，它并不是一个简单的吃吃喝喝的游戏玩耍的娱乐日，它有着很强的伦理意义——再造与整合社会人伦关系的意味。

　　武山南山乡间有句万事大吉的话说："啥活儿都做完了，只等杀猪过年的了。"杀猪是旧年里要做的最后一件事，养了整整一年的猪膘肥体壮地在圈里哼哼着，十一月底到腊八前的半个月间就是开刀问宰的好日子。各村都有自己的不收屠宰费的杀屠匠，只拔猪鬃，捞取猪毛做报酬。先人们流传下来的，猪脖子上捅过刀子的那块肉永远属于杀屠匠，叫刀疤子。心轻的杀屠匠割取的刀疤子不超过二斤肉，心重的一刀割下去连猪胸脯护心的那块软骨都能剜去。但是没谁去计较的，自家养的猪，吃菜叶、喝洗锅水、舔麦麸皮喂大的，没投多少本钱。吃肉却是挺有意思的事儿，谁家杀了猪，当天先煮上一锅，再置办些烟酒，邻里相好，村间老人，统统请来，再算计一下一年中谁给自己帮过忙，新年了又需要请谁帮自己哪些忙，一并请来吃肉，答谢过往的也给往后的日子做个铺垫。家家这样，东家不请西家请，人人就都被请。乡邻间的关系就这样在年末开始了修复和再造。几乎所有的家庭都有人外出务工，一年间也只有这时节在家，吃肉便成了互相走动的由头。

接下来就是扫尘和贴年画。清扫房舍是很有讲究的，它不同于平日里的卫生大扫除，必须择个吉日，尤其是有孕妇的人家，一定要择个胎神不在的空闲日子来清扫，这不是迷信，是对新生命的企盼与敬重。房前屋后，房顶地面，灶台火炕，彻彻底底清扫一遍，扫除一年的尘埃，干干净净地向新年走去。"年欢一张画"，年画是家家要贴的，进门看画就能略知一个家庭的文化底蕴和精神向往。小两口儿的房间贴的是胖娃娃画，干净的侧房挂的是财神爷，四季花草、山水画在客房墙上，儿女们的床头是明星画片，厅房正屋是挂中堂的，字画不在名贵，家家都要挂。当然也有不贴画的家庭，老人去世未满三年是不能贴新画的，这是一种缅怀，是对逝者的尊敬，是家族伦理感情的要求。

腊月二十三祭灶王爷是被当作小年过的。人们把灶王爷奉为家神，给他"一家之主"的地位。这一天的晚饭要比每天吃得早，全家举行祭灶仪式，祭茶奠酒，供干果祭灶糖，吃搅团饭。用搅团糊糊灶王爷的心，祭灶糖粘粘灶王爷的嘴，让他"上天言好事，下界保平安"。

除夕在年节中是最为神圣的。因为此时是"人道报本反始之时"，是家祭祖先的时刻。各家把祖先接请到供桌上，烧香化纸钱，祭之以茶酒果品饭食，邀祖先和儿孙们共度除夕。这一时刻即使有不和的族人，也要走进同一扇门来陪陪先人，烧一炷香，点几张纸钱。按尊辈长幼在祖先面前祭拜，然后依辈分向家长叩头或互拜。一族人不管平日里相处如何，这时都能坐在一起欢天喜地谈谈过去一年的收获和对新年的梦想。有句话说"三十晚上算一账，人在本钱在"，即便是旧年过的如何不如意，都已成过去，把希望寄托在新年里吧！陪伴祖先一两个时辰后就是送先人，全族老少跟着象征先人灵位的香盘走到祖坟附近，烧香化纸，燃放鞭炮。先人走了，家族中的关系也得到了修复。

年初一至初三，是家族内互相拜贺，新女婿拜丈人，外甥拜舅舅的日子。之后，走亲戚、拜邻里、访朋友，直至正月十五元宵节。

南山的年是很有趣味的，它是联结家族血缘关系的纽带，是一个家族力量的展示日，是更新家族伦理关系，缔结乡邻关系的喜庆日子。其间的迎喜神、扭秧歌、耍社火、唱戏、观灯等一系列娱乐活动都与神灵相关，冥冥中人在与神灵交流沟通，寻求护佑，为新年祈福。

　　　　　　　　　　　　　　　　（江山文学网2015年12月15日）

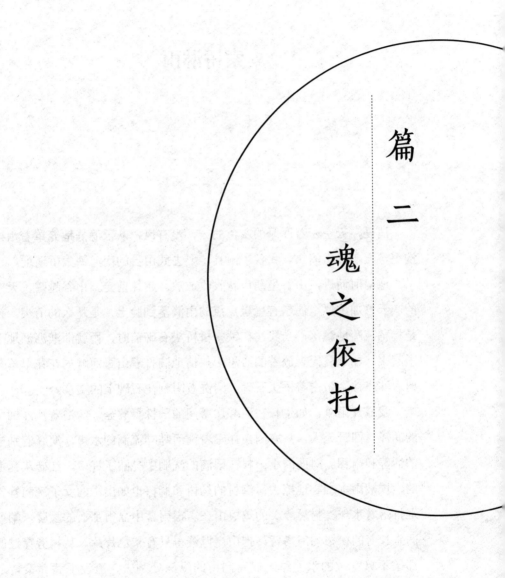

篇二

魂之依托

索桥淋雨

　　清晨，天空积着厚厚的灰色的云，没有风，灰云静静地笼罩着山梁沟壑，天气异常闷热。我备了雨具，要去武山县的南河铁索桥遗址。

　　逆南河而进，山谷呈葫芦状收收放放。越往前走，山谷越暗，天空的灰云愈加浓厚，偶尔有星星点点的雨滴落到脸上，是那么的清爽。初是稀稀疏疏地飘落，当我站在铁索桥桥头石碑前时，雨就淅淅沥沥地下了起来。如这夏天奔放着的心思，热情地滴打着山野河畔的花花草草、树木和庄稼，敲击着桥头石碑，清洗着阴刻在石碑上的文字。

　　我撑开雨伞，如生长在河畔崖壁间的一株野蘑菇，沐浴着沙沙细雨的润泽。四野无人，只有雨声伴奏着南河哗哗流淌的水声，演绎着别样的恬静和肃穆。对面的小山村在雨滴的洗刷中亮丽了许多，红砖灰瓦上的尘埃被雨水细心地擦去，满村的杨树和柳树也如出浴的女子滴滴答答地抖落着水珠。村后峻美的鸡冠山在雾霭雨幕中显得那么的朦胧，峭壁间生长着的松树勾肩搭背，把山崖遮蔽得只有翠色片片。从村旁穿过的那条不算宽敞的水泥路蜿蜒着向山的纵深处刺去，淹没于莽莽秦岭之中。

　　雨不紧不慢地下着，悠悠的，甜甜的，从我的伞面上滴落，断断续续，如铁索桥遥远的相思。据《明万历宁远县志》记载，在这铁索桥遗址上明代就建有一座桥，叫大高桥（民间称铁索桥），沟通了南川（今南河）两岸，这条路是古岷州通往四川的主要通道，商贾往来极繁忙。这样想着，雨幕中似乎就有驮着药材的马帮行走在那没入秦岭的道路上，耳畔就响起了粗狂奔放的脚户曲："白马生下的青骡驹，红头绳挽下的项缰，心想着把妹妹搂在炕上，人却在下川的路上。"明清时期，南河上游的人们把当地种植的当归从这条路运往四川销售，再运回四川的纸张和茶叶在本地买卖。或许当年的某一天也是像今天一样的沙沙细雨，一位故人就像今天的我在桥头淋雨，撑着他从四川商人手里买来的竹柄油纸伞，立在桥头，望眼欲穿地等着远行的亲人，盼他们平安归来。如是想着，思绪就穿越到了360余年前。我收了雨伞，俯下身来，读铁索桥桥头碑文，石碑被雨水清洗得清明洁净，一个个阴刻的文字如婉约的女子，移步进入我的眼帘。我任由雨滴敲打，愿意和索桥一起淋雨，让雨滴浇开我闭塞的思维，从碑文中感受古人的博爱与善美。

清顺治戊子年五月初一（公元1648年农历五月初一）是个怎样的天气呢？或许也下着雨吧，就如今天一样的雨，淋着刚刚修建的铁索桥，还有为铁索桥的落成前来揭碑的宁远县李知县，南河两岸密密麻麻站满披着蓑衣、戴着斗笠的乡邻们。雨唰唰地下着，滋润着人们的心，从这一天起，"以马渡河""送河而渡"的历史结束了，天堑变通途，一条繁华的商道畅通无阻了。第一队走过铁索桥的是从永安镇（今西沟村）红崖寺来的药材商人，他们贩运的是当地名产岷归。红崖寺是专门为药王爷修建的石窟寺院。传说，红崖寺旁的土地里曾经生长过一株当归王，主人挖了整整三天，白天挖开的土层晚上就又填平了，第三天用一根红头绳拴住才挖了出来，当时的十六两秤称了九斤九两，人们尊它为药王，凿窟建寺供奉了起来。南山山歌里唱道："红崖寺的当归铁索桥上过，烂脊梁的骡马驮哩！"这是因为铁索桥头有一条蟒蛇把守着，一闻到当归的药味儿就出来伤人，只有驮药材的骡马脊梁磨烂后流出的脓血的腥臭味儿才能制伏它。当然，这一天是铁索桥落成剪彩的日子，蟒蛇应该还没有住进来吧！

雨中，我抚摸着湿漉漉的碑文，"予闻天上有立德，其次有立功为善者，故能有济也。高桥损塌，非仅一朝一夕，屈指二十余季"。雨雾中，我似乎看到了明末战乱中高桥损塌的场景。张献忠部和明军在这秦岭深处厮杀，铁蹄铮铮，喊杀声震荡着山林沟壑。高桥被败军损塌了，只留下"石阵沟"让后人遐想。拨开雨雾，我又看到了《清康熙宁远县志》中"大高桥，县南八十里"所述高桥的影子，它损塌20余年后又在顺治年间重建起来，《清康熙宁远县志》才有这么潇洒的一笔。

那是清顺治戊子年春的一天，"大雨瓢泼，河水上涨"，要比今天这雨凶猛得多，"水哉，水哉！瀑布飞前，波涛澎湃……邻难使。"有一位从今岷县漱山来的弱妇张门赵氏临河而叹，哀叹这南河阻断了交通，希望有人"积德行善"，在此架座桥，方便乡邻。母亲的叹息触动了儿子，张门赵氏之子便"联络四邻，广开善念，普化婆心，捐资施物"，在"宁远县（今武山县）正堂李"的主持下，在损塌了的大高桥原址修建了这座铁索桥。

雨还在不紧不慢地下着，像这夏天憋不住的热情，缠绵地洗刷着石碑，敲打着河畔草木，落进豪放的南河奔腾着向渭河而去。我擦去蒙了双眼的水珠，抬头眺望身后的崖面，那为了固定铁索而凿的两个石眼宛如张门赵氏深邃的眼睛，含情脉脉地注视着南河，望着翻越秦岭的那条商道，俯视着我这位怀古伤情的后人。

雨中似乎那遥远的马蹄声穿过铁索桥，带着昔日的繁华而去，就如雨打芭蕉似的撞击着我的心。《民国武山县志稿》记载："大高桥，县南八十里，今废。"多么轻巧的一笔，一座古桥废了，一条繁忙的商道断了，就如这雨落入南河后不见了，一座普通的桥在历史长河中不就是落进渭河的一滴雨珠吗！

我悠悠地撑开雨伞，站在河畔石碑旁，望眼欲穿。但雨雾茫茫，前面朦胧不清，只有雨忧伤又多情地下着。铁索桥就如一位逝去的古人，只留下英魂让后人纪念。我不敢过多地打扰它了，便披着细雨悄悄地离去。

（《甘肃日报·百花》2014年10月9日）

苗河行

　　我们从武山县沿安乡出发，向南经岷县马坞古镇转向东南，一路缓坡上了界碑山，进入礼县地界。不到 40 分钟，从天水过定西入陇南，足迹走过了三个地区，从黄河流域进入了长江流域。我们的目的地是礼县罗坝乡苗河水库。

　　界碑山，当地群众叫它独岭子山，也叫分水岭梁，岭南是长江水系，岭北是黄河水系。车行至岷县和礼县界牌处，我们停车小憩。我伫立山巅，无限风光一览无遗。北坡的山缓而柔和，虽然从山脚一路走来，却感觉不到是在翻山越岭；南坡的山就迥然不同了，虽说不上峭立，却是一泻而下。南眺群峰，峰峰尖削，山山相连，绿树丛林，醉人眼帘。林畔草坡一片白色的花朵，在游弋、在咩叫，咩咩声和着牧羊人的吆喝和口哨，给这寂静的山峦添了些许的生机。

　　当我为这自然植被的完美而赞叹时，有人放声吟唱"才饮长沙水，又食武昌鱼"。是呀，"才爬黄河源，又赏长江山"。是近几年的农村基础设施建设，才有了脚下的混凝土路，把几年前五六个小时的路程缩短在了 40 分钟内。又是退耕还林，才有灌醉我们的无垠绿色。

　　我们继续前行在盘旋而下的公路上，路旁的树木呼啸而过，山坡的野花送来芬芳，有鸟儿和汽车赛飞。是办公室待久了的缘故吧，车里就起了歌声，杂乱无序的歌声，各人唱各人的歌。这里山深人稀，公路两旁疏落着几十户人家，房屋建筑也很特别。砖木结构，包檐，左右两间厢房和主房连为一体，魁梧而紧密。各家房前屋后都有连成片的核桃树，就像一个个大蘑菇。小麦在扬花，油菜在收花，正是农人偷闲的时节，就有了另外一道风景：庭院前的樱桃树下，村妇们穿着宽松的衣裤，坐在石头上纳鞋垫或者是鞋底，叽咕着旁人听不见的话语；男人们敞开衣衫纳凉，也有拿着活计边谝闲边做活儿的。这里的樱桃树和岭北的也不相同，虽然是野生，家家门前都有，棵棵都比粗瓷大碗粗，枝繁叶茂，果儿大，是乳白色的，晶莹润滑，望着让人垂涎欲滴。而岭北的红樱桃，树小，果儿更小，一口能吃二三十颗。司机见我留恋窗外风光，减速慢行后又停在了村头。我走进一户人家，想买几斤樱桃，主人是个20来岁的青年，他说："果儿熟了大家吃，买啥！想吃就自己摘去，可不能折断了树枝。"我感激主人的憨厚淳朴，摘了足有一斤，拿回车里和大家分享了。

司机是个当地通，他告诉我们，这山蕴藏着丰富的黄金，全能露天开采。前面那一排排红砖瓦房就不是当地人修的，是金矿工人的住宅区，先搞五年绿化，再掘山采金。我把头伸出车窗，远远望见翠绿的山峰果有从顶端向下挖掘的痕迹。我的心不由一震，这么美丽的白龙江源头山脉，这么纯原始的生态就要消失了吗？忧闷间，有同伴高喊："看，水！水库到了！"

山谷在此逐渐宽松了，平如镜，绿如翠的一片碧水，在阳光的照射下碧波粼粼，闪烁着我的眼睛。我品味过密云水库的广阔灵秀，欣赏过青海湖的无边无垠，也赞叹过格尔木尕湖的小巧玲珑。今天当我面对库存量只有1000万立方米的苗河水库时，我依然是心跳不已。它有自己独特的个性，被两岸的群山夹着，毅然显得那么的轻松，周围除了鸟儿的啼鸣和时而驶过的汽车马达声，就是微风吹拂山林的呼啸，却感觉不到寂寞与烦躁，给人的是一种世外桃源的愉悦。那水绿得腻人，绿得生机勃勃，当我扑下去捧起一掬时，绿就不见了，在我手中的活水是清凌凌的。我贪婪地给自己的脸上泼了两泼，清凉，甘甜。旅途的郁闷顿消。当我擦干脸上的水珠，再次面对这山这水时，我明白了，绿水来自于青山，青山映绿了库水。整个库区就像一枚古秦币，又像一条漂亮的翠绿童裤，水流从两条山谷中而来汇于水库。站在这宽阔处，仰望群山，就像王妃的凤冠，俯视水面，凤冠的影子倒影在水中，几只野鸭子掠过后就荡动起来了，恰似缓步慢行时的摆动。

　　这时，水库管理处的人召回了两只四座的脚踏小船和一艘小汽艇，我们同行的12个人都上了船，刚才，我还在看风景，现在我们的小船划破了水面的平静，成了别人眼中的风景。

　　"舟行碧波上，人在画中游。"这是怎样一种境界，是需用心灵去感悟的。当我置身于水面，撩泼水面时，那种无可名状的愉悦就灌输了我的全部感官，让我回到了童年，人类的童年，我想人类最初是有过一段水陆两栖生存史的，而且一定是的，要不，我们怎么都这么喜欢水呢。当我乘坐的小汽艇划破水面，行驶在水域边缘，一对野鸭子旁若无人地在前面浮游，扭过它们的头，瞅着我们，似乎在说："来吧，敢和我们比比吗！"驾驶小艇的水库管理员自豪地说："看野鸭子多乖！"是的，野鸭在这里落户，是对水库管理的奖赏，他能不自豪吗！然而，我却想起白洋淀、芦苇荡，划着小木船，船上几只鸬鹚，只要发现鱼儿，鸬鹚就嗖地钻入水中，叼起鱼儿向主人邀功。我说："要是有鱼，这水库就会多一道风景的。"管理员说："有的，但不多，水太深了，看不见的，我们正在加大鱼苗投放量呢！"那么，这水库有什么作用？它不是发电，是灌溉，灌溉着县城周围2万亩田地！

　　苗河虽小，水库似杯，但它是用原生态的杯盛着纯天然的水，灌溉着良田，发展着旅游，成为礼县、岷县、武山三县交界的一道亮丽风景，展示着勤劳的人们对大自然的热爱、保护和利用。

（《新农村报道》2013年12月11日）

走进水帘洞

　　过洛门渭河大桥北进，穿过响河沟，经显圣池，闯乱石峡，你就会一睹莲花山蕊峰那神工斧劈的"一线天"和"试斧石"。极目远眺，群峰叠嶂，奇伟挺拔，突兀壮观；山披绿裳，裳镶花边；绿的是桦、是椴、是柳、是松……花有木槿、丁香、樱桃、芍药……树木花丛无风轻摇曳，咕咕唧唧、喁喁啾啾，那是野兔和山鸡共舞，黄鹂和百灵同歌。未进入水帘洞饱览名胜之雅，已先品醉了自然风景情趣。哦，水帘洞，你这1400余年不老不死的精灵哟！

　　请珍惜脚下这条棕红色的溪流吧，你可跨越它，但不能轻视它。它是5个世纪前一位叫作李真秀的农家女儿反抗封建包办婚姻，寻求自身解放的佐证。她逃出家门后无地容身，投在了水帘洞空门。她对现实社会深恶痛绝，剖腹抽肠了结与尘世的牵肠挂肚，她的热血流成棕红色的小溪，流过了500年的历史淌到了今天。她成了"麻线娘娘"，以她大智大慧的佛心坐坛水帘洞菩萨殿。这菩萨殿就显得厚实高大，历经风暴霜潮，耸立于天然洞穴，飞瀑一道水帘与混浊世界相隔离，独显一方纯净与清平。殿前岩壁间的笤刷树和火棍树更是植物世界的一大奇观，它们的造型之奇美，是任何一个花卉巧匠不能构想的。自然天成，如笤刷、如烧火棍，历经千百年，生命不息，风韵倍增。洞内岩壁间始建于北周或北魏，经隋、唐、元5朝及8个世纪保存至今的佛教巨幅壁画是水帘洞的灵魂所在，满溢着一个古老民族九曲回肠的馨香。但你不要陶醉，要醉还为时尚早。轻轻盈盈地穿行茂林盛景，不要贪婪亭、榭的姿色，从"渡仙桥"上走下来，饱览大佛崖上拉梢寺的雄姿吧。

这是在一块巨大的崖壁上摩崖浮雕塑造的比麦积山东崖大佛高一倍的释迦牟尼佛像，那仰俯莲座的莲瓣间层列着的狮、鹿、象等站卧自如，形态生动，雕琢古朴。品味它，仿佛那古老的樵人拉梢作垫架，依崖造像的幕幕情景就在眼前，40米高的浮雕塑像，怎么能不"砍尽莲花山上木"呀！占崖面大半的壁画独具北周风格，成为该石窟群的珍品。而那大佛之上架设的长31米，进深3米的木构遮檐和檐下所施高大斗拱，以它六铺作出三抄，重拱计心造，方格藻井遮檐望板，更向后人炫耀着祖先们绝妙的建筑技艺。

天然呈半环状的石山崖面，似奔腾的神马一蹄踏去神工而成的，只留东南一豁口容人出入，真当一个葫芦沟吧！三壁崖面悬松簇簇，草木葱郁。崖壁被千年万年的山洪雨流洗出条条挂挂的飞流直下之痕迹，给人一种遐想一种思索。从豁口循着缓道直上，那摩崖悬塑的7尊佛像就以各自独有的神态迎接你。进去吧，走进这千佛崖洞，你将回归于人类1400多年前那古朴淳厚的王国。

千佛洞因壁画千佛而得名，又因有摩崖悬塑七佛称作"七佛沟"。壁画和悬塑均分布在崖洞一侧的崖面上，木桩栈道将其分为上下两部分。上部造像刚健淳厚，风格古朴，和柄灵寺169窟西秦建弘元年（420年）的造像风格略同。下部造像与上部手法不同，特别是菩萨像丰盈清秀，颇具北周特点，部分造像又含西魏遗风。1995年当地政府对千佛洞进行了全面维修，2001年6月25日水帘洞石窟群被列为国家级文物保护单位。

武山水帘洞石窟群是由水帘洞、拉梢寺、千佛洞、显圣池4个部分构成的一个整体，走进去，你就走进了华夏民族灿烂辉煌的文明史，与我们的祖先倾心长谈，你会得到一种力量和勇气。

（《民主协商报》2001年3月2日）

永远的堡子

　　行走在西秦岭北坡的山山峁峁，大小各异的堡子就像饱经世事沧桑的老者，向我们讲述着远去的往事。尽管这些堡子们现已面目全非，它们依然如当初守护家园的安宁那样，守护着村庄，守护着麦田，流露如祖辈瞅着儿孙们幸福的生活时的愉悦。

　　我走进去的这个村子叫堡子上，夕阳斜照着屹立在阳山尖嘴上的堡子，堡墙虽已破损坍塌，但堡子的模样仍清晰可见。堡子内被开垦成田地，种着冬油菜，有堡墙的庇护，油菜在落日的余晖中泛着深绿色的油光。这是初冬季节，山坡的蒿草们才被霜寒掠去绿色，枝干上还有草叶儿在冷风的吹拂中摇旗呐喊。就如当年站在堡墙上的乡民勇士们，面对劲敌，手执大刀、长矛和火铳，捍卫家园的平安那样。

　　堡子，也叫土堡。土堡是一种标志，一段历史的深刻记忆，就如收藏在村庄的一盏古灯，曾在那么一截黑暗的岁月里放射过光芒。在西秦岭北坡，一个村子一座土堡，成圆形规范划一地建在各个山村边上的制高点，居高临下，易守难攻。

　　我站在堡墙上，披着夕阳，目之所及，各村的堡子就像一枚枚圆形的印章，拓在村子的落款处。我脚下的堡墙有三五尺厚，两三丈高，风吹日晒雨淋，削蚀得遍体鳞伤。墙头上满是蒿草，还有绿中呈黄的地衣，在落日下宣读着这被厚厚的土墙尘封的历史。就像当年巡哨的乡勇，我款款地行走在墙头，思想已远离了这十亩之圆的防御体，被夕阳带进九霄云外。

秦一统天下，为了防御外族入侵，修筑了万里长城，长城不就是国的堡墙吗？我的堡子就在秦先祖牧马发迹的地域，如果以山梁为线，堡子为珠，串起它，最大的一颗当是礼县大堡子山的堡子。佩戴这串珠宝的就是天水制高点的太皇山，山上宽阔的牧场放牧的不是战马，而是牧养了一个强大的秦国。在唐安史之乱后，吐蕃向东向南扩展，占领了唐王朝的大片疆土，西接岷山的太皇山成了汉族和吐蕃族交会的前沿。吐蕃族跨越太皇山，将他们的牛羊马匹放养在这里，帐篷驻扎在这里。他们依山而处，在牧歌声声中和汉族相互浸渗，相互依存在渭河南岸的崇山峻岭之中。也许这一时期是不需要堡子的，强悍的枭波部落的铁蹄是堡墙无力阻挡的。

堡子的大量出现当在清同治年间。同治元年（1862年），陕、甘回族群众起义，乡间勇士们奋起抵御，各村堡子是集结丁壮的营地，是乡邻们躲避战乱的场所，战乱一直持续到了同治八年（1869年）。这期间各村修筑堡子，与起义军进行持久战，一遇战事，将妻儿老小集中在堡子里，丁壮勇男们守住堡子，就守住了家园。任意一座堡子都有它艰苦卓绝、血雨腥风的悲壮篇章。

堡子山，我面前的这座山，祖祖辈辈这么叫它。我凝视着山巅的堡子，任落日的余晖将我抹成昏黄。昏黄中，似乎清同治四年（1865年）的喊杀声蜂拥迭起。在方圆百里的堡子中，这堡子山的堡子是同治战乱中杀戮最为悲惨的一座。

那是同治四年初冬的一天，有气无力的夕阳把堡子山照得一片昏黄。无雨雪，天气干冷，被战乱骚扰了近4年的乡民们又一次带着值钱的物件，赶着牛羊，携着妻儿老小躲进了堡子里。然而，这一次堡子山人所遇到的是同他们一样想有个安稳度冬之地的起义军。雄厚坚挺的堡墙没能挡住起义军的脚步，堡子被攻克了，组织乡邻们抵御起义军的村中族长被杀死，乡民们被赶出了堡子，赶下堡子山。起义军驻扎在了堡子里，搬进堡子的还有他们一路抢掠来的财物和家眷。于是，悲惨的故事发生了。

这个夜晚，月朗星稀，冷风飕骨，堡子山人探得起义军主力离开了堡子，就组织乡间丁壮勇男们夺取堡子。他们杀死了留守堡子的起义军，夺回堡子后，一不做二不休，把起义军家眷也杀了个精光，财物也给分了。三天后，起义军主力回到堡子山，把乡邻们赶进堡子，一个个砍下人头祭奠他们的家眷。堡子山血流成河，山坡冻结成红色的冰凌，整整一个冬季未曾消融。第二年春风吹过，红色的冰凌才消失在山坡沃土中，使山坡中的植物都染上了血腥。直至今天，堡子山的蕨菜还有一股浓浓的血腥味，祖祖辈辈传下来，不能去摘堡子山的蕨菜，更不许吃。尽管蕨菜被称作山珍，是野菜中的极品，可它是祖先的鲜血浸泡过的呀！于是，这蕨菜就成一种警示：勿忘昨天，珍惜今天。

之后，堡子山的堡子就没再用过。我踏进堡子，企图掀开岁月的门，找到些什么，可除了这段记忆，实在找不到什么了。我仰起头，天空淡灰色的云被西沉的太阳染成彤红，似乎山坡也成了红色的。但它不是同治年间的那片死气沉沉的红，它是晚霞映照下鲜活的红，是山下村庄里的炊烟缭绕着的祥和之色彩。

上堡子、下堡子、高堡子、西堡子、李家堡子上、范家堡子下……这些以堡子而命名的村庄，直到今天还依然左不改名，右不调姓，成永远的堡子，敲打着我们，只要民族团结一家亲，才能国运昌盛，人民安居乐业，生活幸福美满。

（《兰州日报·兰山副刊》2015年12月7日）

狼渡滩

我们是从岷县马坞镇出发，过沙金沟翻八盘山进入狼渡滩湿地草原的。

虽是夏日，狼渡滩却是天朗气清犹如初秋，天空飘着乳白色又泛着红晕的云朵，一团团轻柔得像棉纱。太阳扮出一副少妇般的笑脸，映着蓝格茵茵的天空，显得洁净又高傲，紧紧地扣在草地上，使草地异常地放光。我惊叹大自然的鬼斧神工，竟在西秦岭这崇山峻岭间开拓出这么一潭如湖的草地来。

站在湿地草原的边缘，放眼眺望，羊群就像野棉蒿的绒絮在风中飘忽着；牦牛在低头吃草，那么安静，那么旁若无人；马群在悠闲地散步，如绿色湖面上的粼粼碧波，草原是那么的平静。还有放养的山地猪群，身体漆黑，活蹦乱跳，如梭子在绿草间穿来穿去。看不到一个牧人，整个草原除了沿边缘飞驰的车辆，没有一个人影，我们进入草原湿地，尽情地享受这原始的荒凉和寂寞、和平与丰饶。

传说中最好的牧场"奶水像河一样流淌，云雀在绵羊身上筑巢孵卵"，狼渡滩大概就是吧！草地中央有一条溪流自西北向东南而去，九曲回肠，就像空中俯视到的黄河的浓缩状。溪流清澈见底，波光粼粼，溪面很窄，几步助跑就能跨到对岸。湿地全是洼泥，当地人烧炕取暖全靠它，这样宝贝的泥土生长的牧草能不肥美吗！青青的牧草间有婆婆丁撑着金黄色的小伞，星星花绽放着，花朵儿蓝的如天色、红的如霞晕、黄的如小米、白的如粉霜。俯下身去，脸贴近草地，那股淡淡的馨香和着些微的牛羊粪味儿，是那么撩人又刺人。这里的牛羊肥，马儿壮，就得益于这条羊肠子一样细小弯曲的溪流，它流淌的不是水，是奶汁是肥膘。

行走在湿地间，草花吻着裤管，水儿湿了脚面，风儿吹乱你的头发，牛哞、羊咩、马嘶一齐挤弄着你的耳膜。偶尔有云雀绕你飞走，多么惬意旷达而苍茫。穿过湿地，在西边的坡地上有几百米长的塑料大棚扑面而来，在这样的高寒地带发展温棚蔬菜也是一种创举。接着就是几排濒临倒塌的土木房，像一个远去的村落，对人们倾诉着它昔日的辉煌。村边的路旁，耸立着一块三棱形标志牌，三面写着"狼渡滩"，字是仿毛体，下方注明的时间是1935年。望着标志牌，不由让人浮想联翩。

1935年9月，红一方面军由川北进入甘南部，俄界会议后，夺天险腊子口，占领哈达铺，经闾井、鸳鸯、榜罗北上至吴起镇。狼渡滩是闾井至鸳鸯的必经之路，狼渡滩深深地刻着红军战士的脚印，仿毛体的"狼渡滩"标志牌立在那儿是当之无愧的。

新中国成立后，狼渡滩建起了军马场，那几排土木房就是它的遗迹。昔日，这里是繁华的，马场职工、商铺、食堂、影院、卫生所，最为耀眼的还是成群结队的骏马。今天当你面对坍塌的房屋、破败的护栏，似乎耳畔还回响着骏马的嘶鸣和牧人的歌唱。

再沿公路向前，映入眼帘的就是"狼渡滩湿地草原"景点管理处，蒙古包、跑马场、烤全羊，会让你在这里尽情地去体味去遐想。最终，你一定会沿着草坡向上，一直爬到小山丘的顶峰，登上八角亭，将湿地草原风光尽收眼底，一览无余。

亭子有二层，钢筋混凝土构造，彩绘的廊壁把江南风光，苍山劲柏，闲云野鹤，瀑布清泉全搬了进来。亭子无名，我站在亭子里，八面来风，四野开阔，整个狼渡滩在夕阳的余晖中如一潭碧绿的湖水，游荡的牧群像水面的浪花，是那么的原始、苍茫、平和而壮美。瞬时间，心中没有了杂念，一切的俗世风尘利禄荡然无存，觉着飘飘欲仙了。我脱口而出：这亭，何不就叫它"浪渡静心亭"呢！

离开亭子时，我像解开了草原密码似的平静而坦然，生活中的焦躁、贪恋被牧群慢悠悠的荡动所孵化。云开雾散，日出日落，春夏秋冬，草荣木枯，世间万物有谁能够逆自然之道而行呢？在平凡而普通中生活，很好。

（《兰州日报·兰山副刊》2014年4月21日）

太皇山

　　"太皇临顶众山小，云缭雾绕难晴天"，这是我20年前初次登上太皇山主峰时的感受。今天，当我再一次在太皇山的皱褶里蚂蚁般爬行时，我不只是在爬山，还是在它的苍茫巍峨之外探寻着太皇山精神的物质的富有。

　　太皇山脉属西秦岭山系，绵延百里，主峰太皇山位于武山县南部边缘，西接岷山山脉，海拔3112.5米。它孕育了渭河在武山境内的主要河流大南河和山丹河，山体南部是茂密的天然次生林地，北坡是肥美的天然草场。

　　从渭河谷地进入太皇山有三条路可走。一条是逆山丹河而进，过滩歌古镇至陈儿峪到雨庵沟卧牛山森林公园；另一条是逆大南河而上，经四门古镇向右，顺西河过龙台乡至上河峪慈云寺；再一条是从四门古镇向左循马坞河南入沿安乡，在沿安乡境内北面的任何一条山沟或一道山梁都能到达太皇山主峰，最为便捷之路是从西沟至苟具村进山。倘若你要体验太皇山纯自然、原生态的美，就从沿安起步，这里没有人为的印迹，太皇山将以它赤裸的姿态展示其原始的凄美与厚重、苍茫与雄浑。你会欣赏到草原和森林联姻的俊美，一山呈现春秋的奇秀；你会感受苍松与毛竹的和谐，狗熊与娃娃鱼的兼得；你会体验精神的洒脱、肉体的飘飘欲仙乃至灵魂的超然！

这将是怎样一种境界呢？

从苟具村向北，一路缓坡，多处慢湾。如是春夏，芳草萋萋，鸟鸣蝶舞。五月飞雪是太皇山最为壮美的景色，山脚绿草如茵，百花盛开，油菜飘香，禾苗茁壮；山腰牧草吐绿，树叶才圆；山巅白雪皑皑，雪压青松，蔚为壮观。如是秋末，冷风飕飕，野草枯黄，随处可见的沙棘果抱着团儿挂在光秃秃的枝头，给荒野嵌上片片金黄。一路向上，坡尽坪起，荒野开阔起来，这就是头坪里，也就进入了太皇山牧场。继续呈阶梯状渐进是二坪里、漫坪里，站在漫坪里，千顷牧场便一览无余。这里全是肥沃的大黑土，山体湿润，牧草肥美。有一眼清泉就从这 3000 米海拔的梁顶冒出，泉水清澈，甘甜，山里人叫它"罐罐凉水泉"，意为给走山场的人送来的一瓦罐凉水。今天有人给它起了个很雅的名字"龙泉"。

太皇山牧场历史悠久。据《武山旧志丛编》记载，太皇山是个历史地名，又名太阳山，"在县南八十里，内有铁冶之处"。"铁冶"是指今沿安乡半坡山村的铁矿，20 世纪"大跃进"时期曾在这里大炼钢铁。太皇山主峰在岷县、武山县、礼县交界处；在岷州、陇西间，古为西戎地。唐安史之乱后，吐蕃向东、南扩展至陇山、四川盆地边缘。吐蕃翻越太皇山，就盘踞在白马峪河（今滩歌镇）一带，使游牧和农耕在这里交融，形成了独特的地域文化。

"秦发祥于陇，盛于陇"，这一代也是秦的发祥地，它与礼县大堡子山遥相互望，是秦先祖属地。《史记·秦始皇本纪第六》记载："臣等谨与博士议曰：'古有天皇，有地皇，有泰皇，泰皇最贵'臣等昧死上尊号，王为'泰皇'。"王曰："去'泰'著'皇'，采上古'帝'位号，号曰'皇帝'。他如议。"关于"太"字，《中华大字典》释为："大也。尊辞也。姓也。通泰。"太通泰，太皇即泰皇，太皇山就是秦先祖牧马之地，他们在这里驯养战马，养精蓄锐，成就了霸业。据滩歌圈子阁宋徽宗政和八年（1118年）石刻记述，太皇山又是北宋末年漆常得漆元帅的放马场。在太皇山漫坪里之上有马项垭豁及马舌沟、马场沟等地名，使太皇山与马的关系极为密切。过马项垭豁，就是太皇山最高峰，当地人叫作宫人梁。

伫立在宫人梁，山风遒劲，天高云低，使人心旷神怡。环顾四野，云霞铺路。北坡，风吹草低，牛羊若隐若现，苍鹰飞舞盘旋，野鸡、马鸡、锦鸡和鸣。此情此景，会使你超脱世俗，忘却尘世的一切恩怨情仇，返璞归真，和大山融为一体，成一株长在山巅的草。也许，你会浮想联翩，让思想和灵魂穿越时空，游荡在遥远的羌族部落牧羊，随秦先祖们一起饲养战马，开疆拓土，一统河山。南面，山体雄伟，层峦叠嶂，风吼鸟鸣，松涛阵阵，放眼望去一湾湾翠绿，连片的碧绿，成林海碧波，后浪推着前浪。这里生长着陇上稀有树种冷杉松，树身粗矮，树冠优美；更有云杉、华山松与山杨、白桦、青冈、椴、柳、箭竹随遇而安，杂居生长；又有人工培育的油松、落叶松林带，阵容庞大，自成一道亮丽的景观。你若要进林钻山，定要防备漆树伤身，倘若触到漆树汁液，就会浑身浮肿，奇痒难熬。

从马项垭豁翻山有石墙沟，这里山体陡峭，岩石裸露，怪石嶙峋，苍松奇石，溪流淙淙，蔚为壮观。最险处叫手扳崖，人要行走，必须手脚并用，扳着石崖才能通过。过手扳崖便进入了木芪滩，整个滩涂全是中药材木贼草，生长茂盛，个高过丈，人行期间，似进入了芦苇荡。滩的峡口，溪水被两崖挟持，成一道石门坎，构成石峡飞瀑，形成一潭，叫妖精潭。这是太皇山最为神秘的景观，潭中飞瀑注水，如溅珠玉，四季雾气灰蒙。传说，潭中有一只硕大的千年癞蛤蟆，能成云致雨，夏季走山场的人只要看到妖精潭云雾升腾，一定会有暴雨来袭。

如果说妖精潭是恶之传说，那么和尚崖和媳妇崖就是情的凝固了。传说山脚下的金莲寺里有一名年轻的和尚与村里一位小媳妇相爱，生下了孩子。和尚触犯了寺院的清规戒律，便逃出山门带着小媳妇私奔，双双爬上太皇山。就在和尚去拾柴准备生火野炊，小媳妇给怀中的婴儿喂奶之时，被问道于此的太上老君发现了。太上老君用他点石成金的手指一指，和尚就变成了和尚崖，小媳妇就变成了媳妇崖，永远相守而不能相聚。可怜她怀中的婴儿也成了石头，永远躺在妈妈的怀里吃奶而不能长大。太上老君是谁，他就是老子李耳，唐代皇室以他为宗，唐高宗尊他为"太上玄元皇帝"，唐玄宗尊称他为"大圣祖高上大道金阙玄元天皇大帝"。因老子曾问道于此山，所以盛唐为了祭祖，便封此山为太皇山。

太皇山不仅传说纷纭，风光旖旎，林丰草茂，还是野生动物繁衍生息和中草药生长的宝地，麝、鹿、獭、豹、熊、狼、野猪随时可遇，任何一条沟涧溪流中都有骨科良药娃娃鱼；山林中有党参、茯苓、三七、细心、黄柏、黄芪、红芪、黑药、赤芍、柴胡等几十种中草药材。乌龙头、蕨菜更得山珍之美名，每年四五月间采摘乌龙头和折蕨菜的人结帮成对，既采到了山珍，又游玩了山水，美哉，壮哉！

7月是太皇山最为浪漫的季节，忙完夏收的小媳妇、大姑娘们与情侣相邀，穿上最为艳丽的衣裳，戴上十八旋的白头草帽浪山摘葱花。这时，风轻云淡，葱香四溢，牧歌与情歌和唱，媳妇崖前有女子在许愿，瘦驴脊梁上壮汉在狂歌，将大山点缀得多情而生机勃勃。

太皇山，"王"的山，抑或是"皇"的山！你从悠远的牧歌声中走来，承载着不尽的记忆，逾越千年。这时，我站在你的肩头，仰望触手可及的云朵，任山风撕扯我的衣衫，进入忘我之境。

（《兰州日报·兰山副刊》2014年6月23日、收入敦煌文艺出版社2015年4月版《武山旅游文化》及《2016年武山年鉴》）

话说界碑亭

　　界碑亭立于武山县与岷县交界的沿安乡南川村。碑是古碑，北宋崇宁三年（1104年）宁远建县时立，呈上宽下窄，圆首长方形，紫赭花岗岩石质，印刻着楷隶相间的"宁远县交界"5字。亭是新建六边形凉亭，落成于2000年11月，飞檐琉璃瓦和6根柱子均为棕红色。全钢筋水泥造，亭底呈六棱梯形三级而上，水磨石地面光滑明净，古碑立于新亭中央；亭子顶棚彩绘八仙和飞天、兰竹相间图，为当地民间画师手笔，风格古朴，形象逼真传神；亭子南侧立有武山鸳鸯玉质石碑，碑文出于陇上书法家蒋望宸先生之手笔，记录了古宁远和今武山的历史变迁。这界碑亭就是古今联姻，见证着今古兴衰。

　　据鸳鸯大林山"武山人"头骨化石证明及县内数十处仰韶文化和齐家文化遗址探知，3800年前武山就有人类聚居生息，在新石器时代就开始了农牧活动。史载，春秋以前武山为獂戎部落所居，秦代属陇西郡所辖獂道县，东汉中平五年置新平县，北宋崇宁三年（1104年）建宁远县，经宋、元、明、清4朝至民国三年（1914年）更名为武山县。这"宁远县交界"界碑为现存宁远建县最早的物证，它界定的是宁远和岷县县域。

索桥淋雨 / 068

界碑亭未建之前，界碑露天立于"洛马"公路至沿安乡南川村一口古井旁，井、碑依路，给人一种沧桑之感。从碑南南进一公里，就是岷县古镇马坞镇，为武山、岷县、礼县三县集贸之地。碑的东面是竹家山，山势高耸峻险，毛竹遍野，树木葱郁，有马坞河从山脚奔流东去，经四门古镇至洛门镇倾泻渭河。这里是丝绸之路"南路"必经之地，东通三辅，西控五凉，有一夫当关之势。解放前，陇人入川进行麻黄交易时多经此关从五公里处的那坡里村铁索桥渡马坞河穿越秦岭。铁索桥遗址存有石碑，碑文中有"宁远县令李""戊子仲月五月初一日立"之记。

　　在"宁远时代"，这界碑所分界的"三县"交界，三县不管，相互依赖，环境变得很复杂，狂徒匪帮和那些触犯了封建律令的分子混迹百姓之间，构成了当地社会的不稳定因素。新中国成立后，古马坞镇成了三县贸易集市，综合治理良好，稳定带来了繁荣和发展。尤其在改革开放、西部开发的今天，古界碑仍界定着定西市岷县和天水市武山县行政区界。但两地政治经济文化相通相连，互助互补，它只做一位老态龙钟的旁观者，目睹着盛世繁荣，和平稳定的景象。

（《民主协商报》2001年8月17日）

祈福水帘洞

水帘洞者，祈福圣地也。位于武山县榆盘乡钟楼湾鲁班峡响河沟中，牵武山、陇西、甘谷、通渭四县，聚八方民众朝拜祈福游玩。由"古洞穿山腹，无风六月寒"之显圣池、"与蒙娜丽莎媲美"的世界第一摩崖浮雕拉梢寺大佛、壁画绘千佛之千佛洞、承载着麻线娘娘美丽传说的水帘洞4个石窟群组成，被誉为"丝路明珠"。为第五批全国重点文物保护单位。

水帘洞石窟群峰，如莲初绽，突兀之峰峦呈丹霞地貌，环抱于葱郁群山，似莲花浮于绿水之间。闲云野鹤，朝钟暮鼓，梵音浩荡，仿佛穿越时空，踏进西方净土，福地洞天。

一天然洞穴，滴水叮咚，崖面绿草如茵，丁香花绽放，崖洞之内却冰凌如柱，寒气袭人。崖壁尚存佛菩萨造像痕迹和90平方米壁画。壁画飞天飘逸，佛菩萨间隔而列，半跏趺坐于莲台之上的坐佛弘形眉、细长眼，左手屈腹前，右手抚胸，他在向朝拜者讲述着什么呢？是吐蕃政权的强大，两宋政权与金、夏民族政权的对抗，抑或是茶马贸易的繁盛！有和风吹拂，坐佛圆长的脸如盛开的紫丁香花。这便是传说中大势至菩萨显圣地之显圣池。

继续前行，幽谷深长，朝阳初升，空气清爽，鸟鸣花香入鼻入耳。俗世的喧嚣渐渐隐去，响河沟水鲁班峡绿唤你回归大自然，享受红尘之中少有的平和。

我也是携妻带女来的，对妻子女儿讲，拜山朝圣须怀敬畏之心。小孙女却不顾教导，飞出笼子的鸟儿般享受着放飞的欢快自由。是的，眼前的景色是电视、手机小小的屏幕装载不了的。就说蓦然出现在眼前的42.13米高的拉梢寺摩崖浮雕大佛，"低头族"和"拇指控"是无法感受这扑面而来的恢宏气势的。

摩崖大佛面型丰圆，似笑非笑，脖颈粗短，着圆领通肩袈裟，结跏趺坐于莲台之上。左脚掌心向外，脚掌刻法轮图案，双手掌心向上重叠，平放于腹部，禅定印。佛目平视，目光慈善，8圈彩绘折枝花卉带的头光，飘荡着1450多年前的钟磬之声和佛陀的禅音。大佛坐于七层浮雕组成的方形莲台之上，莲台分三层，自上而下为仰莲、卧狮，仰莲、卧鹿、仰莲、立象，狮、鹿、象均为九头，嘴角露牙，形神逼真。两侧通高27米左右的肋侍菩萨，头戴三瓣莲式宝冠，双眼半睁，颈饰项圈，臂戴钏，腕戴镯，手持莲花，上身穿偏衫，下着外翻边长裙，腰束带，跣足戴环，面带微笑，略侧身向佛虔诚而立。

站立于拉梢寺60米高的崖面前，面壁佛菩萨，是要仰望的。仿佛古人在崖壁堆积树木开凿石窟造像的壮美场面就从绵延不绝的禅音之中悠悠走来，伐尽莲花山上木，造起千古称绝拉梢寺。是古人挥动着双手，在开满紫丁香的山头划出一道佛光，穿越陇山渭水，直抵梵天净土，于崖壁前的烛台香鼎里，给芸芸众生铺设了一条长满福字的路。

当我面对轻悄悄来来往往的善男信女，看他们匍匐在佛前，三叩九拜时，我看见了小孙女也在其间，她拽住我的裤管说，爷爷磕头，祈福。此时，我刚读完石窟右下方北周明帝三年（559年）阴刻的造像题记，大意是：大周明皇帝三年，柱国大将军、陇右大都督、秦州刺史、蜀国公尉迟迥与比丘尼敬造释迦牟尼像，愿天下和平，四海安康，众生与天地久长，周祚与日月俱永。

小孙女长跪不起，我被她的虔诚感动，屈膝而拜，她才起身，指着满地用水泥方块铺设的"福"字说，爷爷，福在路上。我惊诧于孩子如此禅意的语言，她又问，那佛也在路上吗？

是的，佛在路上，福在路上，我们正在赶路。

过渡仙桥，拾级而上，穿行在茂密的阔叶林木中，这是朝拜水帘洞之路，拨开丁香花紫色的云团，麻线娘娘的凄美神秘就在眼前。在这莲花峰下的天然洞穴内，水锈青苔，红绿斑驳，有雨水飞流直泻时，似珠帘悬挂，水帘洞由此而得名。

洞内寺院殿宇，分上中下三层布列。上台菩萨殿顶层楼内，塑有民间传说中的麻线娘娘坐化而成的大势至菩萨。这位名叫李真秀的少女，在受尽人间疾苦后知前因后果，终日闭门纺麻线，避兄嫂逼婚，在嫁娶之日来临时牵着麻线出逃至水帘洞，坐化菩萨，受众生膜拜。如果你膝下无子嗣，可进殿在菩萨泉中捞取石子瓦砾，捞到石子生儿子，捞到瓦砾生女儿。你可以观赏北周、五代和宋代壁画，从那些栩栩如生的佛菩萨、弟子及供养人、飞天的画面中感受西羌部族莫折氏和秦地汉民族的共同佛教信仰，品味两种文化友善而完美的结合。

老君阁、四圣宫、五公菩萨、圣母殿、三霄殿、丘祖殿等楼阁殿宇的交相辉映，更体现了水帘洞佛道一家的独特风格和儒释道的仁爱。梵净的山峰，突兀而起二尊石柱，叫作莲花峰，一柱完美，一柱残缺。我无法想象那残缺的一瓣是被鲁班一斧头劈飞的，但传说它飞落于峨眉山巅，称飞来石。

我坐在烟雾缭绕的香炉旁，品味这喧嚣中的清静。然而，灰衣僧人忙忙地敲击着木鱼，为朝拜者诵经祈福；青衣老道胡乱咒语，诱使人们花钱燃烧高香。我无法清静了，所祈之福在何处？俗人们离福又有多远？此刻，小孙女向我跑来，福在路上，她带着福扑进我的怀中。继而，妻子拉着女儿走向菩萨泉，我问，她说，允许生二胎了，她让女儿去捞石子。

拜谒了水帘洞，原路返回，向北入七佛沟。这是一环形磁铁状的山沟，走到绝崖处，便是千佛洞，是水帘洞石窟群中损毁最为严重的一窟。如果你够虔诚，站远了看，还是能够看到壁面悬塑的七尊佛像和崖壁画绘千佛的。如果你真能看到，你可以朝拜，他可以降幅。

水帘洞祈福，可追溯到元代，在拉梢寺摩崖浮雕大佛顶部的防雨檐上，有一面元大德六年（1302年）的祈福铜镜，铭文记述了巩昌府陇西县丁氏家族为全家祈福，保佑平安，在佛像顶端敬放铜镜之事。

善者之心如镜，佛在镜中俯视着苍生。福在路上，小孙女一语道破玄机，路有坎坷曲直，平为福。我抱起孙女，祈福回家。

茶马古道上的遗韵：马坞骡马会

　　在甘肃南部山区，有座千年古堡马坞，属岷县辖地，在县城 120 公里的地方和武山县沿安乡接壤。每年农历七月十日至七月二十一日是马坞骡马交易会，七月十二为正会。当地人称"七月会"。

　　马坞七月会以骡马、牛羊交易为主，远至甘南，近至武山、礼县、漳县贩运大牲畜的商人都要来赶会。会馆河滩 30 余亩的草滩满是骡马和牛羊，拥挤的时候，河滩对面的竹家山山麓都是一群一群的牛羊。当你身处其中时，混乱的吆喝声、牛哞、马嘶、羊咩，还有牲畜项间的铜铃声，声声悦耳。藏族群众、回族群众、汉民，民族不同，语言有异，但目标一致，都是为骡马而来，你卖我买。

　　会间要唱八天八夜的大戏，大多是从陕西请来的秦腔剧团，方圆几十里的群众都要来看戏，使小商品市场异常繁荣，戏台子周围的小吃、面馆生意火爆，服装摊点你拥我挤，还有那特有的山货市场的竹编、柳编交易更是兴隆。

　　马坞骡马交易历史悠久，可追溯到唐代。据地方志记载，当时是西北茶马互市的一个重要市场，叫马埠峪。岷县地理位置特别，介于游牧民族和农耕民族之间，西面是甘南藏区，北可抵兰州，南经武都可达四川，东过天水至长安。尤其是东面这条路，它是从关中过陇山进入藏区最为便捷的一条通道。当时，中原地区的茶叶就从这条道上运往马坞，用茶叶交换马匹。和马坞相邻的茶埠是茶叶的集散地，茶叶的流动量非常快，当地人有"茶埠无茶"之说。如果说这是一条历史的茶马古道的话，它是一条用茶叶来交换马匹的道路，而不是驮着茶叶的马帮贩运之路。

这条道路从唐至宋到明一直畅通。宋代大中祥符六年（1013年）骐骥使张佶为了防范吐蕃的侵袭修筑的马坞堡古城墙至今还有残垣断壁尚存，城墙根下"太乙宫"大殿香火旺盛，青砖盖顶，画柱雕梁，门楼古朴，特具明代风格。院内立三块石碑，有两块上的字迹已被时光风蚀得模糊不清，一块是明崇祯五年（1632年）的，仔细辨认才隐约可见。马坞中央有广场叫作"灯场"，是正月十五"转灯"的场地，"九宫十八卦"，365盏灯，甚是壮观。灯场北面有建于明代，后经历代维修增补的"九天圣母三霄元君殿"，静静地向世人诉说着马坞昔日的辉煌。

今天，历史的茶马互市已离我们悠悠远去。那些习惯了赶着骡马和牛羊来赶七月会的人们永远也放不下马坞，年年七月都要来，千万头牲畜在这里集结，又从这里疏散，带着茶马古道的遗韵，繁荣着马坞的今天。

（《民主协商报》2013年10月25日）

丝路古迹：武山红崖寺遗址

　　红崖寺遗址在称为天水制高点的太皇山脚下，处武山县沿安乡西沟村域，在村子北面 200 多米高的红石崖壁间，是一组早期开凿的石窟群，共 28 窟，分上中下三层横向排列。在古宁远县时代，红崖寺属宁远县永南里永安镇。

　　红崖寺石窟群上层共 5 窟，分东西两个单元。东单元有左、中、右三窟，正面看去三窟分明，进到里面，三窟又连通，就像当地人建造的"两小一大"的民房，中间一窟深 2 米，长 3 米，两边两窟深不到 2 米，长各 1 米，三窟内长共 5 米，窟高约 2 米；西单元有两窟，同样里面连为一体，深约 1.5 米，长约 3 米。中层有 12 窟横排分布在 30 余米长的崖面上，主窟长约 3 米，深约 2 米，高 2 米，为红崖寺石窟群中最大的一窟，其余各窟大小不一，但结构相同。下层有 11 窟，同样横排分布在长 50 余米、高约 3 米的崖面上，西端三窟从里面连为一体，和上层东单元结构相同，其余各窟为单体洞。三层石窟上下崖面上均有横凿或者竖凿的柱眼，因风蚀人损，深浅不一，直径大都在 30 厘米左右。当初凿窟建造时，在各主体石窟前均建有悬空木楼，斗拱飞檐，蔚为壮观；在主体外的石窟顶端建有悬空遮檐，现在看到的柱眼就是为安放支撑木楼和遮檐的柱子而凿的。

红崖寺毁于清同治年间的战乱。当时，红石崖顶端的平地上有一处坐山庄的农户们的打麦场，残兵败将们把场里的麦草堆推下石崖，堆满了红崖寺殿宇之顶，然后点火，一把火就将红崖寺烧了个干干净净。现在找不到任何文字记载或图画资料，就连当年建筑物的一块木楔也无残留。只有28个石窟怒目圆睁，向世人诉说着昔日的辉煌和同治年间那场烧了三天三夜大火的残酷无情。

据当地世代流传，红崖寺始建于盛唐时期，它是为当地特产药材当归而开凿的。当时，西沟村里一位憨厚老实的农人在红崖寺脚下的地里年年种当归，连年好收成。有一年，他栽了满满一地的当归苗，到头来只发芽了一株。要是换个人肯定会改种成其他作物的，绝不让土地闲着，憨实的农人却没有改种，他把一株苗当作满地的当归来务，该锄草时锄草，该追肥时追肥，精心的管护着，使这株当归长得杆粗叶茂，高过三尺，形大如伞。立冬前收获时，他整整挖了三天才把这株当归挖出土来。第一天挖时他小心翼翼，生怕弄伤了根须枝杈，挖不全，结果到太阳落山也没挖出来。第二天清晨他继续上地去挖，奇怪了，昨天挖开的土全都合拢了，他便重新开始挖，结果还是没挖出来。第三天天一亮他就上地，那挖了一天的土又合拢了，当归好好地还在地里长着。憨实的农人不知所措了，他跑回村子，把这怪事儿说给乡邻们听，要大家帮帮他。于是，有人出主意，用丈二长的一根红头绳把归头拴住，钉在红石崖下，然后开始挖，这才把这株当归弄出土来。只见这株当归长得像一位长须飘逸的老者，手臂和腿脚俱全，在当时的十六两秤上称了九斤九两。一般的当归三四株一斤重就是长势好的，这株当归个大体重，又呈人体形状，以当归种植为主的当地农人们认为这株当归成精了，是神了，将它尊为药王爷，在红石崖上凿窟修造药王殿，把"药王爷"供奉起来。

红崖寺诞生了。从此，当地种植的当归声名远播，由于红崖寺在与岷山相接的太皇山脚下，便把这里种植的当归称为岷归。西沟村也就成为当时宁远、岷州、礼县最大的以当归交易为主的药材集贸市场。

繁荣的药材贸易引来了波斯商人，波斯商人看准了红崖寺药王殿供着的"药王"，这场交易连县令老爷也被惊动来了。波斯商人和"药王"的主人商讨价钱，农人憨厚老实，不知该怎么要价，逼得急了，他长叹一声，身子向后一躺。中介人明白了，说是主人要价了，要了一躺。一躺到底是多少，农人不知，但有人建议，一躺有点少了。农人更是迷茫，无奈地将身子向前一爬。中介人又说，一躺一扣，这个价合理。于是"药王"就被波斯商人以"一躺一扣"的价钱买走了。"药王"到了波斯后却很不安心，它让新主人夜夜噩梦，嚷嚷着送它归乡，弄得新主人寝食难安。波斯商人不得不这样去想："药王"乃中原之宝，当归中原。就把"药王"重新送回了红崖寺。这就是民间传说的当归的来历。在此之前人们把它叫"药"，直至今日，武山、岷县、礼县、漳县种植当归的人们还把当归叫药，把当归苗叫栽子。

《清康熙宁远县志》在《宁远县境图》上标注的"永安镇"便是今沿安乡西沟村。西沟村宋家庄有一阴刻着"永安镇"楷书的石碑，和现存于沿安乡南川村的"宁远县交界"的界碑形状相似，只是个头略大一些。石碑呈上宽下窄，圆首长方形，紫赭花岗石质，立碑时间同时为北宋崇宁三年（1104年）宁远建县时。依据此碑，今西沟村地域至近在北宋时就已建镇，这和红崖寺始建于盛唐的说法是相关联的。寺因当归而建，地因当归而繁荣昌盛，于是为镇。今天，关于永安镇石碑有两种说法。一是1958年大炼钢铁时，石碑和伽蓝寺（今西沟村金莲寺）的铸铁大钟一起被运往与西沟邻村的草滩村炼铁基地，永安镇石碑被砸碎后泥成了炼钢铁的炉子，伽蓝寺铸铁大钟也被熔入炼铁炉；另一说法是村民在修房垫地基时将石碑深埋于原地，现在民房底下。

历史的永安镇布局特别，一派繁荣景象。镇北有红崖寺，南有龙王庙，东建玉皇观，西有泰山庙，中间是伽蓝寺，可谓五方五土寺、庙、观林立。据《民国武山县志稿》记载："永安镇同治兵焚后废。"它和民间流传的红崖寺焚烧是同一时间，同一事件。也就是说，一把火烧毁了红崖寺，烧废了永安镇，千年繁华也随之灰飞烟灭。

同治时又是怎样的一把火如此厉害呢？

《民国武山县志稿·人物卷之一》在《仁施》篇中有关于今沿安乡川儿村故人漆兆仑的记载："漆兆仑，字河源，南乡漆家川太学生。……同治回变起，乡人日皇皇，营远避废业。"证实同治战乱，沿安乡区域并不例外。在《忠义》篇中关于嚓石川人刘正修的记载，证明了战乱的起始时间，"同治元年回变，川东西各堡集丁壮数千，推先生为团长，御击有名。二年正月，盐关贼围礼县城，来乞援。先生率团屯长道镇。"《民国武山县志稿·田赋志卷之四》在《兵变》篇中记载："同治四年三月，盐关贼酋萧某，率众聚新寺镇。攻破落（洛）门、石岭及西乡堡寨甚多，围城半月困甚，守城守备苟连魁，用九节炮击毙贼酋，困乃解。十二月，记名提督曹克忠，诱至广武坡大破之，斩首千余，萧酋死焉。同治八年，宗岳五营驻扎蓼川之南河湾，与黑头勇战于滩歌镇之峡口败绩，伤亡甚多。本年四月二十日，有回数百，从御碑沟出，由治房庄上山，抢掠而去。长沙杨军门世俊，往来驰剿，用乡民陈连成为向导，追至石头沟歼焉。"

据以上引述，同治战乱起于同治元年，灭于同治八年。焚烧红崖寺及永安镇的时间大约在同治元年至四年间，"盐关贼围礼县城"后，刘正修率团增援，抵住了反贼，使其不可能翻越分水岭进入宁远县。盐关贼酋萧某取马坞镇、攻永安镇、占领了新寺镇，这是从盐关至新寺镇的一条便捷的直道。故而，是贼酋萧某率部攻克永安镇，抢掠烧杀，烧毁了红崖寺，使永安镇被废除。正是：

一株药凿崖造寺，五朝繁盛永安镇。

同治兵焚寺镇废，红崖残窟西沟村。

（《民主协商报》2014年11月14日）

索桥怀古

　　大南河是渭河较大的一条支流，从武山洛门逆大南河而上，至沿安乡那坡里西面的河岸，完整地保存着一块花岗岩石牌。碑立于清顺治戊子年（1648年）五月初一，是为一座铁索桥的建成而立的功德碑。

　　这里地处西秦岭北坡，当你站在大山的皱褶里，面对这块石牌，那一个个刀刻的方块文字就如河面跳荡的粼波，涌动着360余年历史的血潮。身后的这条河，别看她柔情碧波，温顺流畅，但她是从峻岭的胸肌中渗出，承载着两岸的沧桑盛衰，从历史的荣衰中远道而来。

　　这里是武山县、礼县、岷县三县交界地带，也就是天水、陇南、定西三地区的接壤地带。据史料记载，明清时期，岷县马坞古镇的骡马交易非常活跃，是茶马古道上的重要驿站。而那坡里是一条官道，村子所在的山沟如今还叫官家沟，从官家沟向东南方向穿越，过礼县，至天水是一条便捷之道。当时，岷县北部、武山南部的商人，就是走这条路穿徽成盆地入四川的。商人们把当地的药材麻黄、当归马运骡驮人背，运输到四川，再把四川的纸张、茶叶驮运回来，在当地贩卖。当时的南河，激流险滩，水势汹涌，这座铁索桥就显得甚为重要了。至今在当地民歌《脚户曲》里还唱着"红崖寺的当归铁索桥上过哩，烂脊梁的骡子驮哩"。据民间传说，沿安乡西沟村红崖寺是专为药王爷修建的，历史上是当地最大的当归交易市场。从这里入川的当归都要走铁索桥，由于铁索桥桥身荡动，骡马驮得轻了不过桥，只有超重量的驮子才能稳稳当当地走。所以，驮当归的骡马的脊梁都被压烂了。

碑文记载，历史的南河："水哉，水哉！瀑布飞湍，波涛澎湃，与弱泸口异，邻难使。"读这些文字，历史的涛声已于耳边萦回，飞瀑洗刷崖壁之势犹在眼前，就是这澎湃之势隔离了两岸乡民，也隔离了两岸经济文化的交流。据碑文记载，清顺治戊子年春的一天，"大雨瓢泼，河水上涨"。有一位从岷县漱山来的弱妇，张门赵氏临河而叹，哀叹这条河阻断了交通，像她这样的弱妇要渡河，只能等洪水减弱之后让人"送河而渡"。其实，平时人们要渡河也是"以马渡人"。她希望有人"积德行善"，在此架座桥，方便乡邻。此后，赵氏将自己的想法告诉了儿子张希库，张希库是个孝子，为了了结母亲心愿，就联络赵明益等四邻，"广开善念，普化婆心，捐资施物"，在宁远县（今武山县）正堂李的主持下，修建了一座铁索桥。从碑文推知，张捐造的这座铁索桥，和泸水上某桥相仿。虽然现在能够找到的遗迹只有西岸悬壁上为固定铁索而凿的两个石眼和临河而立的这块石碑，但在那骡驮马运的岁月中，铁索桥着实有过一段繁忙的历史。

其实，在铁索桥的桥址上，是有过另外一座桥的。桥头碑上有这样的记载："予闻天上有立德，其次有立功为善者，故能有济也。高桥损塌，非仅一朝一夕，屈指二十余季。"这里所说的高桥始建于何时，又是一座怎样的桥？无据可考，但它被损毁垮塌的时间却在新的铁索桥建成的前20余年，1620年左右。在高桥塌陷后的20余年中，过往行人和商贾虽然以马渡人或涉水而渡，但这条"入川之路"从未中断过。

今天，面对临河而立的桥头碑，那遥远的马蹄声似乎嗒嗒而至，踏着这条穿过悬崖长满蒿草的道路，向我们叙述着过往的荣耀。南河似乎又含着嘲笑，看她今天的温顺样子，想象碑文记载的凶险，难道这就是历史的驯服！然而她的确平静地北流而去，在四门镇接纳了杨家河和西河两大支流，壮大成大南河，奔腾至洛门入了渭河。她经沿岸群众疏河道、筑河堤、修灌渠，水流平缓地浇灌着良田，是一条温顺的造福河。

铁索桥怀古，让我们从历史的落差中感受到人类征服自然的伟力，感受我们这个时代繁荣和谐的盛况。

（《兰州日报·兰山副刊》2016年4月14日）

四门镇

  四门镇位于武山县东南部，东西宽 13.6 公里，南北长 19.5 公里，总面积 140.8 平方公里，地势为锅盆形，海拔 1560～2700 米，气候属温带大陆性季风气候，四季分明。全镇辖 24 个行政村，118 个自然村，人口 2.7 万余人，境内云雾山上有绵延 15 平方公里的天然牧场。洛礼路、洛马路穿镇而过，农机路村村通，交通便利。

  四门是一个美丽而幽静的小镇，群山环绕，两水分流。西河和南河犹如两条游龙，灵光闪耀，交汇于此，留下这块美丽富饶的小三角洲后蜿蜒北向渭河。它太幽静了，幽静而迷蒙得让人很难从历史的烟尘中看清其真实面目。古獂道、庞德故里、魁星阁、三台山、华严庵，这些承载着厚重历史文化的地名，构建了四门古镇丰厚的历史文化底蕴。

  先秦时期，秦人西扩、獂戎部落聚居于此。《明万历宁远县志》记载，秦孝公西斩戎之獂王，并设置了獂道县。据三台山保存的明朝弘治年间石碑《建三台山玄帝庙记》碑文记载："宁远县属地环川四门寨，唐为环洲，宋为獂道县，金元废为今寨，距县四十里。东观夜月，南望积雪，北俯花浪，西观普乐，皆寨之胜景也。"石碑的刻成年代距今已有 500 余年，是四门古镇现存最早的碑文题记，碑文提及的几大胜景至今仍有存留。《清康熙宁远县志》记载，豲道城在"县城东南四十里处，为庞德故里"，"庞德，三国时人，籍南安郡豲道。相传今武山县四门镇新庄村有衣冠冢"。

在 20 世纪 80 年代初，笔者整理地方史料时当地老人讲述，在四门旧卫生院门前（今通往四门镇政府的十字街口）原有一座关公楼，为全木质结构，有八条直径约一米的柱子支撑着上面的门楼。门楼建筑宏伟，气势非凡。门楼正面朝南是戏台，北面挂有一块长匾，行书雕刻着"古豲道"三个镏金大字，每字一米见方，字体遒劲有力。可惜在"文化大革命"破四旧时拆除，木料归公，"古豲道"长匾不知去向，使这座关公楼成为永远的历史迷雾。然而，值得庆幸的是 2009 年在四门镇主干道口新建了一座花岗岩雕成的攀龙附凤的牌坊，上书"古豲道县"四个大字，似乎是弥补了"文化大革命"对古镇的劫难。

关于庞德，《历史传记》的词条是："庞德（？—219），字令明，东汉末年雍州南安郡豲道县（今甘肃天水市武山县四门镇）人，曹操部下重要将领。"庞德故里就是今天四门镇新庄村，村里有庞家亘和庞家窑的地名，还有庞德坟、庞德花园、庞德上马石的遗迹。

从侯堡村去庞家亘要过南河，南河边横卧黛青色一巨石，石上有一寸来深的一只脚印，它就是庞德的上马石。从地理位置看，下庞家亘过南河，只有侯堡村堡子底下河岸最窄。而且，这里过河是去岷县、礼县的方向，也就是进入羌族人生活区域的必由之路。相传，庞德出征就踩这颗巨石上马，从这里起步，平定羌民反叛，入关中，战平阳，斩首郭援，箭中关羽，拜将封侯，成就了白马将军的刚毅威武。

据当地人讲，现在的新庄村是从庞家亘搬下来的，村里姓孙的人家其实都是庞姓后裔。村子搬迁是因为暴雨使山体滑坡，埋没了村庄。人们改姓是因为当年关羽水淹七军，活捉庞德，劝降不从，被关羽所斩后怕遭连累而改庞为孙的。细细想来庞德后人的担忧也不无道理，从四门镇向南就是礼县，礼县祁山堡是当年诸葛亮六出祁山的大本营。

四门镇西边的西堡村，因村内有古堡而得名，古堡保存相对完整，土城墙上的箭垛还依稀可见。古堡中央就是魁星阁，据楼阁梁顶墨迹题记，修建于清朝乾隆五十六年（1791年），距今220余年。魁星阁是四门古镇除《建三台山玄帝庙记》石碑之外能够找到的第二处文字记载。

　　三台山和华严庵同为四门镇佛教圣地。三台山因依山势修建阶梯式三个土堡而得名，从现存明朝弘治年间《建三台山玄帝庙记》石碑而论，它的得名在500余年前。土堡，都是战乱年间人们为了躲避灾难而修建的，其实最初的三台山就是当地民众躲避战乱的场所。清同治年间，陕、甘回族群众起义，匪患猖獗，三台山土堡被马家军所占，修建了马王庙。清光绪三十二年（1906年）马王庙改建成了"三台山蒙养学堂"，直至1971年学校搬迁，这里经历了长达65年的办学历史，虽之古建筑损毁无余，却也为四门培养了无数的人才。现在所见的三台山殿宇僧房都是近年新修建的，虽为新建，却也为四门镇增添了一道亮丽的风景。

　　华严庵在四门镇北山的潘家湾村，始建于1929年，只有70余年历史，是一座年轻的寺院。但它古柏参天，曲径通幽，殿阁塔耸立，规模宏大。据说华严庵寺院是新庄村太平寺遭匪贼焚烧毁坏后，僧人把所剩佛像搬运至此而建的。寺院由大小不一的几个四合院组成，供奉着72尊佛像，院内院外，绿树成荫，是一座清净幽雅而不失庄严的农家院落式园林寺院。

　　唐州宋县古獭道，陈楼旧庙新寺院，一切都将是过去，是历史的烟云。今天，当你登临三台山，鸟瞰四门镇时，那林立的高楼，云集的商贾，四通八达的公路，西河和南河两岸的塑料大棚，给我们呈现的是亘古未有的盛世辉煌。柳编和草编、四门贡醋、麦秸画，构成了今天四门镇极具地域特色的农产品加工、酿造、非物质文化遗产传承的美丽奇葩，绽放在神州大地。

三衙村位于四门镇西河北岸，距镇区 0.8 公里，柳编是该村的主导产业，已逐步迈向了集约化经营，产业化发展的轨道。目前，全村从事柳编产业的农户占总户数的 97%，年产值达到 200 多万元，柳编产品由单一的簸箕、笆篓等农用产品，逐渐向工艺品方向研发，科技含量在逐渐提高。四门镇三衙村柳编经济合作社，使柳编产业实现了产、供、销一条龙销售。

　　四门醋文化历史久远。"家酿深藏度春秋，红杏由来不出墙"是对四门贡醋的极致赞美。《武山史话》中有："自古至今，异地频频请人师传，多次按律引制不果，虽出一手即变。"并称："四门贡醋，占尽地利，固守地域，不泄春光，精纯独领。"民间传说，当年刘秀西征隗嚣时兵进武山，在今草川遇到貌若天仙的马赛莲姑娘，姑娘的美貌迷醉了刘秀，便问姑娘的容颜为何如此靓丽。姑娘答道，我自幼食用外公在獭道酿造的香醋，才有这般容貌的。刘秀极为惊喜，便封马赛莲为"马皇娘娘"，并许愿等天下安定后恭迎娘娘入宫。于是，得到刘秀垂爱的马赛莲守身如玉，日日食用獭道香醋，以保青春永驻，等刘秀平定天下后迎娶入宫。可是痴心的马皇娘娘一直等到魂归九霄也没等来刘秀迎娶她的车马，人们为了纪念这位守贞如玉的痴情女子，为她修建了马皇寺，留下了"窖藏情愫二十年，獭道蜜酢更辛酸，黄叶落尽刘郎路，鸣鹿唳鹤泣红颜"的诗句。

　　今天，四门醋走出了神话和传说，融入了人们的现实生活。吃醋能健身、用醋能美容、喝醋可长寿。四门贡醋以其纯酸回甜、口感纯正、久存不变质的质地，被消费者广泛接受。中国西部航天育种基地（天水）将四门贡醋大曲进行了太空搭载，产生了我国第一个天外来客的贡醋大曲。四门 100 多家酿醋坊，形成了今天的醋酿造阵容，2010 年四门镇水帘贡醋坊被中国品牌价值评估中心评定为"全国质量诚信 AAA 级品牌企业"，四门水帘贡醋已真正成了武山对外的一张名片。

　　被誉为"麦秸女"的西川村张小文凭着自幼习画的功底，从国画、素描、书法以及民间剪纸、刺绣、编织、镶嵌等姐妹艺术中博采众长，形成了极具地域特色的麦秆画艺术风格。人物风景，花鸟鱼虫，她都能用麦秆呈现得栩栩如生。一幅幅作品明暗有序，古色古香，形象逼真，虽用麦秆做成，但闪烁着高贵典雅之灵气，极具艺术感染力。她的原料取之于家乡武山县四门镇的天然麦秆，利用其自然光泽和材质表现自己的艺术个性，总结出一整套剖、刮、扦、划、切、剪、刻、镶、拼、叠等加工方法和工艺制造技术，传承和发展了当地麦秆画的制作工艺，被列为"武山县麦秆画非物质文化传承人"。

2013年7月底，"麦秸女"的麦秸画走进了甘肃省首届创业项目博览会金昌会场并获得博览会金奖，8月又将麦秸画挂进了中国·兰州黄河文化旅游节暨2013年中国·兰州旅游博览会展厅，获得博览会二等奖，把四门麦秸画推向全省走向了全国。如今，她在"兰州丽纹工艺美术制作部"开设麦秸画制作培训班，收徒授业，引导大家共同传承文化遗产，创业致富。

（收入《武山旅游文化》，敦煌文艺出版社2015年4月版）

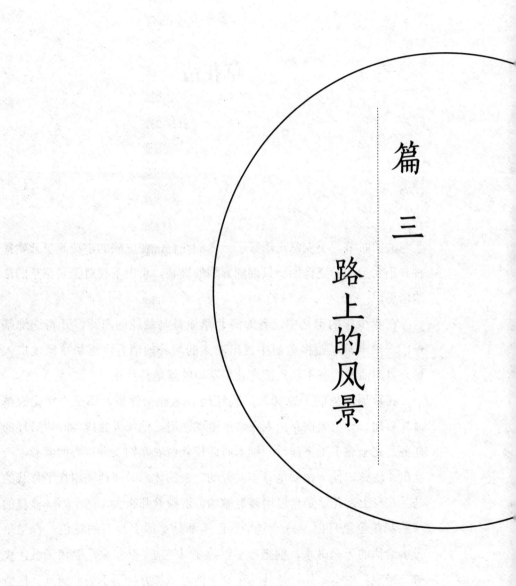

篇 三

路上的风景

草花情

清明时节，小女拿出珍藏了一冬的花籽，在庭院的小花园里开始播种。小女劳动的姿势如一只翩翩舞蹈的蝴蝶，引出了我对无名花草的浓浓情思。

在我少年的记忆中，青海海北草原是马兰花的海洋，开得遍地都是，一浪一浪，蓝格茵茵中透出淡淡的纯朴的清香。这块草原地广人稀，以生命的顽强不屈点缀这壮美草原的就是马兰花。

在草原深处的一家砖瓦厂我经历过这样一件事。那是"文化大革命"后期，一位老铁路工人在这里劳动改造，他每天完成400块砖坯的任务，完全靠手工操作，一副木质砖模就像农家妇女做点心的器具，一次出4块砖，他一做就是5年。劳动之余的休息时间他全用在了移栽的马兰花身上，花盆是自己用砖泥做的，洗脸盆那么大，两个。一盆里的马兰花花色呈月白，另一盆呈紫色，都是草原上少有的花色。食堂每天供给他的无盐碱水，他把一半都浇了马兰花。5年来，妻离子散，失望、绝望，生不如死，是马兰花给了他力量和好好活下去的勇气。这普普通通的马兰花，在海北草原上确实少有人把她当花看待，但是她是那些名贵花木无法比拟的，高寒、缺氧、盐碱土都奈何不了她。她只有一个愿望：活着，开花，为别人，为自己。

后来，在我离开海北时，老铁路工人将那盆紫色的马兰花赠予我，我用一只很讲究的瓷质花盆换掉了那只泥盆，给她施肥浇水，精心伺养，可是她却再没开过花，我伤心透了。但我依然养着她，冬去春来，静观枯叶落尽新芽发。

在我们渭河谷地，野菊花不比海北的马兰花少。节气过了白露，野菊花就满山遍野地开了，蓝的如天，黄的如金，白的如雪，一簇簇，清香扑鼻，又溢着股浓浓的药味。她似乎是专门为提醒庄稼人一个季节的到来而开放的，庄稼人叫她"种麦花"，她绽蕾吐苞，冬小麦就开犁播种了。我的一位文友却见菊伤情，吟唱出"我们不如一株野菊／独占秋的领地／芳香一段岁月／我们／不如……"之后，放弃了自己的文学信念，草草地结了婚。也许平平常常才是真，但是平庸的放弃怎么说也是一种悲哀，因为她有那份天赋。文学本来就是孤独的，我为少了一位文友而更感寂寞。为了调整失去平衡的心理，那个秋天我将一株金黄色的野菊移栽到盆中，搬回庭院，和那盆海北马兰花并排置于我的家中。

有朋友见我养这么两种不起眼的野草花，要送我一盆君子兰，我说君子兰太高贵，不如马兰花随遇而安，我不需要她。又有朋友是当地九月菊的培植能手，自称他的花圃里有近百个菊花品种，邀我去花圃里随意挑几盆养，我说有这野菊我已足够了。朋友很惊奇，问我为什么，我告诉他，"种麦花"能昭示一个季节的到来，而且是播种的季节，这难道还不够吗！

小女偏爱草花，也许是受了我的影响吧。春天一到，她就将花籽撒进庭院的小花园里，从初夏到初冬便常有花香沁人心脾，虽是些渭河谷地常见的海娜花、麦穗花、蝴蝶花、喇叭花、串子莲、野菊花，却也能招蜂引蝶，生机蓬勃。每到了某种花儿要开的时候，小女就邀同学来观赏，看着下一代对花草的钟爱，我也就满足了。我问小女为什么偏爱这些草花呢？小女挺认真地告诉我，这些草花不娇不媚，实实在在，只要撒下种子就能生根、发芽、开花，所以她喜欢它们。

如果说老铁路工人从马兰花身上得到了生命顽强不屈、永远向前的启示，我那位文友从野菊看到的却是生命的另一面，我对马兰花和野菊花的情恰恰就在于这两个极端。只有小女对这些草花的感情最纯真，就让小女永远这样种下去吧，因为我们都需要它。

（《天水日报》2000年4月20日）

童年的河

　　望着眼前的孩子们，自己童年的那些事儿就会甜蜜地涌现出来。尽管 40 年过去了，但那时无须经济投资的快乐，不需要大人们操办的"美味佳肴"仍然历历在目。如果说生命是一条河，童年就是这条河流最纯清的那一段。一颗糖果、一个馒头、衣服上的一块新补丁、一句夸奖的话语都会是舞蹈着的浪花。我们的童年很知足，能吃个饱肚子，冻不着就满足了。

　　村前的小河是我童年的乐园，整个夏天几乎围着小河闹翻天。大人们夏收，大点的孩子们拾麦穗，地里不要我们，就被大人们安排给自家的猪挖野菜。可是当我们提上小竹篮背上背篓，三五成群地集中到小河边就忘了自己该干的正事儿了，眼前攒动的小鱼儿实在是太具诱惑了。我们常常是脱得一丝不挂，用背篓捞鱼，就地在河边挖个地地锅蒸鱼儿吃。那味儿实在是太鲜美了，甚至在我成年后生活中再也没尝到过。

　　蒸鱼儿是要预先做一番准备的，伙伴商量好后，各从家里拿上（其实是偷）油、盐和调料。地地锅其实是就地挖个坑，留个添柴火的口，坑上面盖块薄石板，石板上铺一层水藻，水藻上面衬一层菜叶或者葵花叶，放一层鱼，再盖层菜叶铺层水藻，如果鱼儿多，可这样叠放两三层。当水藻蒸干后，鱼儿就熟了。佐料是把鱼儿剖腹清洗后装进肚里的，有时什么都没有，就弄些花椒叶子填进鱼肚蒸，偶尔有伙伴从家里拿点臊子装进鱼肚，那味儿就是人间少有了。无论怎样蒸，鱼儿的味道都是独一无二的纯清鲜美。

如果说蒸鱼儿是我们童年的"海味"，烧麻雀就是"山珍"了。那时，麻雀特多，一到阴雨天，生产队的麦场上就麻花花一片。如果幸运的话，拿把扫帚蹑手蹑脚地凑到麦草堆旁，一扫帚下去就能打落几只来，有时也能用竹笋扣几只的。得了麻雀，用黄泥裹了，捏成泥团，拾柴生火烧着吃。黄泥团儿被火烧干烧红后，雀儿肉就熟了。这时，剥开干泥，雀儿的羽毛烧进干泥里，捧在手上的是熟透了的脆生生的裸体麻雀，撕开来，掏掉缩成团的内脏，就可以享用了。

我们的童年缺粮食，靠大人挣工分吃饭，孩子多劳动力少的家庭粮食分得少。正常人家一年一个人的口粮就是百来斤小麦、百来斤杂粮，总起来不到 300 斤，全靠洋芋和野菜添补。平时是吃不到肉的，喂口猪要到过年才宰的，吃肉是过年才有的事。遇到庄稼欠收的年景，白面也就见得少了，看见谁拿块白面馍馍，口水就流出来了。有一次妈妈把给弟弟烙的白面馍馍放在大木柜里，被我发现了，就揭开柜盖去取。人小柜高，够不着，猛扑上去便倒插在柜里出不来了，两条腿在外翘着，一直等到奶奶放工回来才把我弄出柜来。直至今天，我的老妈妈看见她的小孙儿们浪费粮食，糟蹋食物，挑吃拣喝，就用我倒插柜子的事儿来教育孩子们呢。

那时候，孩子们的玩具全是自己做，自己玩。看了《小兵张嘎》《闪闪的红星》之类的电影后，全村的孩子就动手用木头做起武器来，有红缨枪、步枪、手枪，尽管做得丑陋，有的甚至只是粗糙的轮廓，但都是自己动手做的，很有成就感。村旁的一块坟地就成了孩子们的战场，在那里冲锋陷阵，夺"山头"、捉"汉奸"、打"鬼子"。没有谁教化，自己演绎着爱国主义精神；没有人指导，自由自在地完成着手工制作课，实践着勤劳勇敢、自力更生的品质。

　　进了冬天，要是谁挑水不小心被冰雪滑倒，摔坏了木质水桶，那铁丝桶圈可是孩子们的抢手货。争到个桶圈，做个铁丝钩，就是铁环，这是冬天最热的玩具。滚铁环、打转牛（陀螺）、踢毽子、跳房子……玩的可多了。制作转牛不光要动手，还要动脑，掌握好比例和重心，做漂亮，给尾端的平面涂上各种颜色，一鞭子抽去，稳稳当当的旋转过程中呈现出彩虹般的色彩。做毽子首先要从狗尾巴上剪一撮长毛，找两枚铜钱叠压在一起，把狗毛穿在钱孔里，用黄香炼了，就是一个好狗毛毽子。要是没有黄香，我们就上山到松树林里去找松脂，当黄香用。好的毽子孩子们玩，大人们也玩。弹弓也是我们喜爱的玩具，但多数大人们反对，不让做不让玩。因为村子里有玩弹弓伤了自己脸的，也有打破别人头的孩子。

　　那时节，很少有娱乐活动。县电影队公演的电影是我们最牵挂的事儿。一部片子演到哪个生产队就跟着电影队看到哪个生产队，方圆七八里路的村子跑着看。常常是一部片子看结束，就能讲出电影故事来，在玩耍中演绎出来。

　　我 7 岁那年，生产队在一家新修的土屋里办起了学校，一名老师，30 来个孩子。就是这方农家小院结束了我们快乐的童年。入学的第一天，大人们弄来些木板，老师领着我们从邻村的一座破庙里搬了些大青砖，把木板支起来做了课桌凳，我们的学生时代开始了。在我童年的记忆里，爸爸亲手给我做的第一件学具就是一块长方形小黑板，上边钻两小孔穿根背绳，上学时斜背在身上。小黑板做好后从瓦窑里弄些瓦墨刷黑，老师领着我们到三四里之外的山沟里挖些青土。捏成土棒晒干当粉笔用。我们的第一课是"毛主席万岁！中国共产党万岁！"第一首歌是《我爱北京天安门》。现在想来，仍然颇有韵味。

　　说起来已 40 年过去了，但那情景依然清晰，每当回想起来，它还和家乡的小河一样清凌。身体和精神共同饥饿着的童年同样充满着欢乐，那欢乐是今天的孩子们无法比拟的。

（《武山文艺》2014第3期）

春走上河峪

　　早晨有雾，薄薄的一层，灰蒙蒙裹着重重叠叠的山峦。原以为要下雨的，可是，当我爬到半山腰时，雾就散尽了。接踵而来的是猛烈的山风，呼啸着，抽打得人浑身战栗。于是，便奋力爬山，当爬出一身热汗时，已站在上河峪山巅了。

　　虽是春末，但在这 3100 米海拔之巅，春的气息还不是那么强烈。脚下的山坡百草正努力萌生，各种树木才发芽吐绿，还看不见有野花开放。这无花而渐绿的山林就更显出她与众不同的姿色，纯青、无邪。

　　我不是为了踏青而来，更不是为了登山而往的。春走上河峪，这已是我多年来的习惯，每到春天，或迟或早总是要走一遭的，这一遭会使我一年的生活充满活力。我是一名山村代课教师，两栖在讲台和田园之间，食着五谷杂粮维系肉体的生命，靠着孩子们的健康成长支撑灵魂，从大山的厚实和真诚汲取精神养分。代课教师群体中，总有怨天忧地者，悲叹命运不佳，机缘不好，生存不平等。我们都是吃土豆，饮山泉的俗子，没那一杯清水渴，没那一颗土豆饿。但是，我是幸福的。

　　人总是世俗的，也许有人会说我在装腔作势。代课教师极力奉献，微小报酬，在这样一个金钱和物欲充塞着的时代里，没有经济基础，幸福从何而来？我说：幸福是一种心态。能让自己快乐，能和别人和睦相处，能让家人平安吉祥，能让横流的物欲哭泣的心态。就如爬山，爬上顶峰是目标，心存目标，山势越陡，道路越险，就越是用力。在没有路的时候，更会蹚过荆棘丛，用双脚踩出一条路来，因为你心存目标。各人有各人的选择，选择了，为此而努力，就有勇气和毅力走下去，代课教师更应如此。尊严首先是自尊，因为经济收入不佳而自卑，不值；因为自己心中有个目标而努力，幸福。

于是，我的爬山就是一种寻找。

上河峪属滩歌林场辖区。从家里出发爬3个多小时不陡不缓的山，我拨开薄雾，站了山巅，但还不是顶峰。极目远眺，山山相连，峰峰相扣；侧耳倾听，松涛阵阵，百鸟啼鸣；伸手触摸，凉风飕飕，嫩叶青枝绵绵；抬脚伸腿，浅草拌踝，露水清凉，沃土松疏。这时，整个的我沉浸在了山野纯情之中。看不见显示屏，摸不着键盘，望不见黑板，握不着粉笔。我就是个体的我，是一头哺乳期的牛犊，衔住大山的乳头，吮吸着。

上河峪是千顷天然自生林区，经林业工人几十年的劳作，这里成了人工育林区。大山的肌肤上纵横排列着的条条林带，如儿童画的斑马线，装点着野山，写真着人力的恢宏与大气。落叶松、小黄松、油松、白松、冷杉松替代了早先的乔木和灌木林，荒山野岭以人的意志成长着财富，但不是经济林木，而是生态林木。有谁能够低估生态林木的价值呢！从而我想到了代课教师群体存在的价值，是他们的坚守涵养着山区的基础教育事业。

站在山巅，我的思绪被山脚的犬吠唤醒了。那是几顶白色的帐篷，是护林员扎场子的所在，他们抛家舍亲，守护着荒无人烟的山林。相比之下，我要比他们幸福得多，愉快得多。

我站立于山巅，再一次读大山，读松柏与小草、大树与矮苗。在这座山里，没有了谁都是不可以的，就是这参差不齐，就是这高大与矮小共同孕育着地下的水源，才有下游的清澈见底，才有下游的禾苗青绿。

我站立于山巅，再次获得了力量。

（原题为《去了趟上河峪》，载于《新农村报道》2013 年 10 月 30 日）

老人、猫和云雀

　　早春的阳光下，白发苍苍的老人斜躺在一把竹椅上，就着屋檐晒太阳。春寒虽未消尽，阳光却也暖和，老人悠闲地眯着双眼，享受着春天的气息。身后的房屋红砖青瓦，檐前的墙砖白得发亮，正好融和了老人的银发。院子里摆放着一排根艺盆景，全是老人还能爬得动山的时候从门前山岗上采挖来自己伺弄的，一株株枯根裸露，茎枝扭曲，虽饱含着沧桑之感，却蓬勃着叶芽，展示着生命的顽强和坚韧。最高的那株苍劲油松上挂着一只鸟笼，笼里关着一只云雀，雀儿寂寞了，对面前细瓷食盒里的谷物不闻不问，似乎只有那只翠绿色小巧玲珑的水罐让它浮想联翩：苍茫的原野、茂密的森林、潺潺流水、蔚蓝的天空、赶羊儿似的白云……云雀啾啾唱着歌儿，跳上蹿下，珍珠般的眼睛瞅着老人，连同老人身边那只乌黑发亮的猫。

　　老人似睡非睡，半闭着眼睛，尽情地享受着暖融融的阳光，气定神闲，心静自然。黑猫则把身子拉得老长，四仰八叉地躺着打着呼噜。这幅景象容易让人想到农夫献曝的享受，可是你如果这样去想，就又辱没老人了。

　　他是一位普通的乡间老人，生性爱猫，白猫黑猫花猫谁能捉住老鼠他就宠谁。年轻时他当生产队队长，群众饿肚子，猫也饿肚子，家里没米面，生产队仓库里也没有粮食，人的荒年连累了鼠的饥荒。他看着自己喜欢的猫饥饿，就领着猫们去捉老鼠，好不容易在场里草堆上出现了一只还算肥硕的鼠儿，两只猫就一齐扑了去。惊起了草堆旁觅食的云雀，有一只竟被吓呆了，忘记了自己生有冲入云霄的翅膀。鼠儿被黑猫捕获，白猫望一眼叼着美食的黑猫，扑向那只惊失魂魄的云雀。老人见后生气了，从白猫嘴中救出了云雀，把白猫赶出了家门。白猫没有竞争意识，伤害了弱者。从此，老人身边就少了一只猫，多了一只云雀。

为了能让群众吃饱肚子，作为生产队队长，他没经公社，私自决定给每户划分一亩自留地，鼓励大家种上了中药材。第二年群众多了收入，生产队队长却被揪出来批斗，成为资本主义尾巴被割了。人们躲着他，他就成了孤家寡人，做伴儿的只有黑猫和云雀。那一年的初春，就在他被发配到公社农田基建队劳动改造的时候，他打开笼子目送着雀儿没入了云霄。村前的小河解冻了，野花开满山岗时，那只黑猫知天命，也离开了他，走进后山的野洞里等待大限到来。春雷响了，他也偷偷地离开了山村，过上了浪迹天涯的生活。

他从西北流向江南，修鞋，打工，当老板，一晃就是20年，挣了让村邻们眼睛发直的钱。回到故乡的老人修学校，筑水渠，凿道路，也给自己盖起了宽敞的四合院。老人老了，养花木，喂云雀，陪黑猫晒太阳，悠闲地享受着晚年的生活。

有一天，小孙儿问他："爷爷，你为啥不养百灵呀、杜鹃呀，光养云雀？"老人直起腰说："傻孙孙，怎么能这样说话呢？云雀咋地，是云雀的歌儿你听不懂罢了。"

"你那土不溜秋的黑猫，也难看死了。"孙儿接着说。老人拍拍孙儿的后脑勺，神秘地笑着说："黑猫的美丽常人是看不出来的，它可是上苍派来启迪爷爷的智者呀！"

孙儿还是不解，摇摇头，换了话题，说："既是智者，您就好好地养着吧。不过这些普通的树根养在花盆里着实没啥意思，我让爸爸把它们换成盆花吧！"老人抬头瞭望着远山，长叹一声，说："傻孩子，这些树根普通吗？它能在花盆里那么一点点土中旺盛地生长，它是一部深沉的书，你得好好读才能读出它无花的美丽来。"

孙儿摇着头，伸出手摸爷爷的额，问："爷爷，您病了，哪儿不舒服呀？"

"病了的是你呀，你们啦，得的是'优越'症！"

孙儿似乎啥都没听见，趴在电脑桌上玩起了游戏。

云雀在竹笼里啾啾蹿动着，黑猫躺在墙角晒太阳，老人躺在竹椅上品读根艺盆景，阳光暖融融的，将他的银发融进了洁白的墙壁。

读书的感受

一

书是砺石，常读，就磨砺我们思想的锈迹，让情感亮丽，使灵魂闪光。

打开书，就打开了思想之门。那些繁简有序的文字，如一只只有力的引领大手，挥舞着，引导我们飞向蓝天、穿越山岭、潜入海底。那里有我们不曾看见的一切，呈现着欢悦、向往、抗争、回忆或苦难。

打开书，我们就走进了不同时空的各色世界，让有限的生命享受超越无限的快感。

二

好书，读着，是幸福的。

雨果说：幼稚与愚蠢，在每天阅读好书的影响下，仿佛烤在火上一样，渐渐熔化。翻开书，就没有了时空的界限。我们从《诗经》中感受周至春秋500年的沧桑变迁；在《论语》中和圣人交谈，获取智慧；从

《史记》中继承爱国爱民、大智大勇、刚正不阿的历史精神；读《钢铁是怎样炼成的》明白生命的意义，锤炼人格的刚烈。

三

　　书也是各色各样的。一本好书，就是一片亮丽的风景，把我们的思想和世界黏连得天衣无缝。

　　我读书，最早的记忆是《水浒传》，那时上中学，对梁山英雄崇拜不已，对官府腐败深恶痛绝。后来读《红楼梦》，读得废寝忘食，终于读出了"林妹妹、宝哥哥"之外的更多滋味来。开始读鲁迅的书，是一本《且介亭杂文》，接着读《鲁迅全集》。鲁迅先生是伟大的文学家和思想家，先生的作品是中国近代的百科全书，使我真实地感受到了文字的伟大与不朽，萌生了写作的欲望。在浩如烟海的外国著作中，在我思想的港湾永驻的是《静静的顿河》，这部史诗般的巨著让人灵魂战抖，战马铁蹄带我到了异域草原，体验一个民族的生存史。有什么能有这么大的承载力呢？只有书！

四

　　一只健壮的手翻动着书页，他的思想被沉重的文字撞击出铿锵的声音，柳叶儿绿了窗口，枫叶儿红了庭院，雪花飘落书桌，春草又抽出了嫩芽……翻动着书页的手那么有力，进入无人之境，再涌入社会大潮，这就是书的引领之力。

　　社会的发展不能没有文化，文化的创造需要安贫乐道。坚守清贫，你就避开了铜臭气，也就摆脱了庸俗气，坚守了一种文化方向。

　　夜深人静，一缕灯光，一杯淡茶，一书在手，一个灵魂在与世界交谈。

一缕曙光，一夜辛劳，一腔热血，一个灵魂在文字的洗刷中纯洁而健美。

这就是读书的感受。

（《天水日报·教育周刊》2002年10月23日）

拥抱冬天

是你将我的生命画了一道深沉的曲线，在额角。我17岁的青春便伴着永恒的微笑走进了你的酒窝，你将一条红纱巾轻轻给我系上，留住了初恋的祝愿。三年后的同一个季节，在十字路口，你说你选择了冬天，你微笑着坦然地伸出了那只手，这时我才感觉到要道一声"再见"是何等的艰难。于是，我们没有握别，你挥手去了，交给我一颗坚硬的顽石。

火红的太阳，在瞬间跃出了山坳，是你用男子汉的真诚为我绘制了一方朦胧的图片，有一行印着墨迹的东西一闪，便成了"人海茫茫，心在寻找着心"涂在蓝色的海边。

在没有阳光，也没有月亮的世界，我一个人踏着秋，久久凝视着枫树，一片橘红的枫叶疯狂地驰进我脚下的小河。是你平静的声音在山盟海誓：当所有人都抛弃你的时候，我不！但你还是去了，留下我，苍苍茫茫。

我青春的扉页落满你我短短长长的脚印，泪痕与欢笑重叠在同一片荒原的两颗心。真的，你不该挥手，不该弃我而去。

关于你我

是一部地老天荒的故事

　　风光旖旎的那个去处，没有我，你并不孤独。在这小小的寝室，我却一个人呆呆地面壁而坐，真想让双眼望穿墙壁，望穿云雨，望穿你的心。北方，很冷，雪花飞飞。我思念你而麻木了的思绪，想象着那个漫天舞着柳絮的季节。然而，这确实是封冻了我的心的季节。

北方没有相思树

心中却有千千结

　　这个冬天，我很孤独，待在屋子里。窗外有我飘飞的思念，如雪花，款款落向吉他。吉他哭了，如泣如诉。

　　孤独会使我发疯的，发疯如吉他，再没有见到你，我便系着那条红纱巾去雪原寻找。一棵芨芨草在风中摇曳在雪中抗争，做伴的是那颗顽石。这就是你，就是我？啊，我们属于冬天，我的爱情在冬天，你的事业在冬天！

　　于是，我热烈地去拥抱冬天。

关于你我

是一部地老天荒的故事

从落叶季节

走进飘雨季节

（《天水文学》1990年第4期）

雪花舞春风

　　武山这场雪，润泽了大地，惊艳了世界，醉了春风。

　　雪花是从 3 月 10 日午后飘起来的，直到 13 日雪势方才减弱，积雪厚度超过 20 厘米。此时，惊蛰已去，春分在望，应是"桃花红杏花白，黄莺鸣叫燕归来"的时节，纷纷扬扬的雪花却不合时宜地占据了季节。雪花似乎听懂了那随春雷乍动而惊醒了的蛰伏在土壤中的动物的怒吼之声：消融吧，春天不是你们的领地！于是，飞扬跋扈的雪花朵儿离地面越近，脚步愈加轻盈，在落地的那一刻，尽融化成小水滴，羞答答浸入了泥土，润泽着干旱了一个冬季的土地。

　　水雪朵儿就像暴雪的先头兵，在它以自己的消亡润湿了土地之后，鹅毛大雪就铺天盖地般席卷而来。我是在南山深处太皇山脚的农家村舍里经历这场暴雪的，这是我记忆中春天里最大最强的一场雪。

　　黎明，误将雪光当天光。拉开门户，天地浑然一体，平日里那连绵起伏的群山就像一夜之间被愚公移去了，看不到山的轮廓，只有刺得人眼睛发酸的银白。揉揉双眼，就有银花朵儿在飞舞。雪花还在大朵大朵地飘落，没有风，天地静得死谧。庭院里的盆栽根艺就像一团团棉花包，门前的椿树臃肿得像庄户人家灌好的羊油蜡，白杨树上的喜鹊窝就像架在树杈间的一枚鹅蛋。几只麻雀从屋檐下飞出，找不到落脚的枝丫，斜刺里穿过院边的竹丛，哗啦啦一串响，被积雪压弯了的竹子艰难地挺着腰身，抖落了一团团雪球。雀儿唧唧叫着，折回了屋檐。屋顶的青瓦撑着一搾多厚的积雪，还在不断地承接着飘落的白色花朵。忽然，一阵响动，鸡舍里的公鸡拍打着翅膀，唱起了黎明的歌。

我登上了山巅。我看到了此生没有见到过的景观，像走进了童话世界，走进上古洪荒年代。无所谓天，无所谓地，无所谓人，无所谓草木，无所谓山川。天地的界限被白雪公主用乳白涂抹了；山川的壕沟被白马王子的马蹄踏平了；草木的身躯被灰姑娘的衣裙裹住了。就连我自己也成了白头翁，披上了银色的甲，穿上了水晶的靴。

雪花还在密密匝匝地飘扬，没有风，轻轻地落下，在山的肌肤，在我的身上加厚。我舍不得抖落这温润的雪衣，双脚插进没过小腿的雪层，展开双臂，张大嘴巴，品尝着这凉丝丝的淡淡的清新的天地精华。这时，我的内心一片空灵，平静坦荡如这落雪而无风的荒原。没有杂念，没有贪欲，觉着人生就应像这雪原，洁白一片，要留下什么，那就是跋涉的脚印。

村子里起了炊烟，村舍房屋才像隐蔽在雪地中的甲虫，开始了蠕动。楼房、平房、瓦房，红砖、青瓦、白墙，村庄这几年的新建筑全都被雪色统治了，只有烟囱昭告着它们的存在。各扫门前雪，庭院里、巷道中有了挥着扫把、舞着铁锹的人影，村子在动了。村巷里满是人们对多年不见的暴雪的惊叹，也洋溢着冬旱逢春雪的喜悦。

我是怎样登上山巅的，艰难似乎已忘了个干净，当我抬脚下山时却感到了举步维艰。积雪没有坐实，地面已经泛着春潮，蹬开雪层，是泥层，立脚不稳，脚下一滑就坐地漂移了。这样更好，使我能够从天地苍茫移目于草木万物，感受它们在四季轮回中的坚强。仰卧雪地，我抓住的是一株高山杜鹃，灰绿色的枝干顶着柳叶状厚厚的墨绿叶瓣，叶瓣间是肥实的略露紫色的花蕾。它是高山地区独有的阴湿草本植物，我欣赏过它由紫变红直至乳白色的星星般的花季，却是第一次见到它在积雪覆盖中吐蕾。我松开手，怕弄伤了它，然而我却滑向更低处，在一簇乌牛花树的帮助下站了起来。乌牛花一撮一撮的，火柴头似的花蕾围成一个个拳头，顶着厚厚的雪帽，露着微微的笑。它是一种遇着适宜于自己的气候就开放的木本花树，一年要开两三次花。寒冬，它落尽叶子积蓄力量；炎夏，它枝叶茂盛给脚下的小草一片阴凉；春秋，它适应气候艳放自己。站在它面前，我如面对一位导师，感悟着生命的内涵。

一双灰色的野兔从我脚边的土窝窝里蹿出，窝顶是一丛枯干的压着雪盖的野草，像是给兔子窝戴了一顶鹅绒帽。野兔蹦跳着，就像在雪地里翻着前滚翻，没入积雪，又翻起来，急忙忙往复着。兔子的后腿长，是不宜于下坡奔跑的，更何况我惊吓了它们。于是，我也跟着跑，怀揣捉住它们的意思。就这样，我反而没有跌倒过，一直跑到一块种着冬油菜的地里。兔子分两路跑了，我站在那里喘着粗气，又惊起了一群雪地觅食的野鸡。山里有大雪天捉雪鸡的狩猎方式，厚厚的雪盖住了食物，野鸡挨饿飞不动，拿着连枷追，总会有收获的。然而我却被另一种疑问困住了，这么厚的雪，野鸡们在刨什么吃呢？

我蹲身扒开积雪，油菜已经换苗，嫩黄的叶芽儿水漉漉地笑着，用手扒开松疏潮润的泥土，蔓菁白森森的顶着鹅黄的叶芽，原来野鸡是在享用这么鲜嫩的佳肴呀！俗话说"苗出三月雨"，看来这三月雪和三月雨是一样的珍贵，对庄稼没有伤害，只有润泽。

回到村子时，各家巷道已清理出路面来，灰蒙的天空有太阳的朦胧脸庞，昏黄的阳光把山的轮廓也勾画了出来。雪势渐渐减弱了，有微风徐徐来，树木就像调皮的孩子脱着衣衫，抖落身上的雪团。桃树枝头挂着颗颗晶莹的水珠，水珠间闪烁着桃花苞儿的嫣红。引出我记忆中苏轼《癸丑春分后雪》中的诗句："雪入春风省见稀，半开桃花不胜威。"

我便陶醉在这雪花舞春风的境界里了。

犟人听见的声音

　　老牛耳背，学校照顾他别上课了，专职做好总务工作。这已是第三次这么决定了，我去传达时，他的左手呈瓦状遮住左耳朵，贴近我的嘴巴，问："为什么？当教师的不上课了，还是教师吗！200 来人的一所小学，总务能有啥事做，我要上课。"

　　"你可以修修桌凳，给中午不回家吃饭的那 20 来个学生烧一壶开水，事儿多着呢。"

　　的确，我们这样的乡村小学，教师紧缺，校长也要带一门主课，总务哪有专职的。老牛的情况较为特殊，五十六七岁的人了，再有三四年就退休了。这几年耳朵犯疾，左耳朵在天阴下雨、季节更替时老流黄水，跟他说话总要高音播放。耳朵不好使的几天，他在讲台上说，学生在下边讲，让外面人听着好似教室里没有教师，学生乱哄哄成一窝蜂。这样下去，影响课堂教学质量的提升，学校出于对老牛和学生双重考虑，召开全体教师会议，决定让老牛做专职总务，他所带的课分配给年轻教师，大家也都乐意。

　　老牛不答应，也就不交手中的教本教参，上课铃一响，是自己的课就往教室里钻。是他思想上有了负担的缘故吧，我和他谈过话的第二天竟然在讲台上流鼻血了，用握着粉笔的手去摸，把白粉笔染成了血红色。我去宿舍看他时他的面前是半脸盆凉水，正用双手掬着凉水在额头上拍打，半盆水呈浅红色。我的心隐隐作疼，我劝他别犟了，身体要紧。他却说没事，是天阴的缘故，气压低，闷热，头有点晕，就流鼻血了。我说不行，你得去医院做检查，把耳朵也治治。我怕他死犟不肯，出门时顺手把办公桌上的教本教参教案拿走了。他急了，冲出来拽住我的胳膊喊："你……凭什么剥夺我上课的权利？"

"凭对你的负责！"我也吼。

他愣了一会儿，脸上挂了极为勉强的笑，说："好吧，我明天就去医院做检查。你让我把这篇课文讲完，就一个课时，行吗？"他近似于祈求了。

"我替你上课。放心，我会和你一样负责的。"我拉住他的手说，我感觉到了那双手的颤抖，微微的，有点冰凉。再看那张脸，露着笑，含着凄苦，又显哀求。

"你我同事十多年了，你说，是不是我再也不能上讲台了？"他不等我回答，接着说，"讲了大半辈子的课，临退休了，不能进教室了，你说我……"他的泪花花在眼眶里转起了旋儿，一股凄凉也弥漫过我的心头，让我说不出话来。我把书本夹在胳肢窝里，双手握着老牛的手，强忍着好一阵子才镇静下来，我说："明天去医院吧，等你回来了，教本教参我怎么从你手上拿走的，我还怎么交给你。"

"拜托了！"他的身子慢慢勾了下去，向我深深地鞠了个躬。

老牛到县医院检查后又去了省城医院，半个月后回到了学校。他回来的那一天，容光焕发，和同事们打招呼时不再把左手收成瓦状往左耳朵上遮了。但我隐隐感到他听人说话还要把右耳朵朝你偏转，其实他的右耳朵耳膜早已破了。他从省城带回来了三样东西：一台笔记本电脑，一把木工斧子，一把手锯。我想，他会在当晚向我要他的教本教参，可他没有。晚饭后，他把各教室里的坏凳子全部收到自己的宿舍门前，给腿松动的凳子扎起木楔来，直到天黑才休息。

晚上，老牛来到我的宿舍，我俩煮罐罐茶，边喝茶边闲聊。他始终不谈病情，在我几次询问中，他才说左耳是中耳炎，耳膜上留了个疤，听力已丧失，医院给他配了个助听器，价钱太贵，要2800多元，他对着型号在网上查了一下，网购才1200元，他就在网上买了个，过两天货就到了。我说你太抠门，在健康上花的钱你省什么。他苦笑着摇了摇头，不省不行呀，大儿子结婚生子，一家人刚安顿合适，二儿子的对象也谈好了，要房，要结婚，不省能行吗！我无话可说，也只能摇头。我问流鼻血是怎么回事？他说血压不正常，大夫开了药，坚持吃会没事的。

"这几天我闲着，咱就不雇木工了，有些班级的凳子缺胳膊少腿的，我把它修理好。到网购的助听器来了，我再上课。"

"你修什么，咱雇人修理。"我不同意。

"我是总务，我也会修理的。省几个钱，咱给各教师宿舍把网线接上。"

我知道老牛犟，就没再说啥，随他去吧。

那个下午细雨霏霏，邮递员送来了一个正方体的小盒子，老牛的助听器来了。他欢喜若狂，急急忙忙地打开小盒子，把那只肉色的小器具套在左耳朵上，站在屋檐下静听着。

我问："怎么样？"

他说："很好的，和医院里的一模一样。"

"我问你听力怎么样。"

他说听到了雨声，沙沙沙的，敲打着红叶李树的树叶；风呼呼呼地吹着，花园里的花儿互相碰撞的声音都能听得见；还有屋檐下雀儿喳喳喳的叫声，我有多长时间没听到鸟儿叫了呢？多悦耳呀！

"把教本给我吧，明天我上课。"

学校用老牛修理桌凳省下来的钱给全校教师宿舍接上了网线，老牛就用他新买的笔记本电脑备课上课。以后的日子里，学生谁的凳子坏了，就放到老牛的宿舍门前，第二天坏凳子就修理好了；以后的日子里，老牛天天要在中午饭前用煤炉子烧几壶开水，放在宿舍的窗台上，让那20来个离家远的学生中午喝；以后的日子里，老牛戴着助听器，抱着笔记本电脑，从宿舍到教室，从教室到宿舍，风风雨雨地走着，很少缺课。

今年3月，老牛光荣退休了，他离开学校时，把那把斧子和手锯小心翼翼地收进了行李包。去年学校建成了"标准化学校"，全校的课桌凳换新成升降式单人课桌凳了。斧子、手锯留下来也没啥用了，他说自己收藏着，留个念想。

（《甘肃日报·百花》2017年5月4日）

站在雷锋画像前

我的面前是一幅雷锋画像，一位少先队员画的，同学们都说很像。我们谁也没有亲眼见过雷锋，然而，谁都认识他：1.54 米的身高，22 岁的年龄；哪里有困难，他就在哪里；谁需要帮助，他就在谁的身边，这就是雷锋。

站在雷锋画像前，身边是一群天真无邪的红领巾，我体会到他不灭的精神，它穿越时间和空间的漫长隧道，永远长存。这是一种什么样的力量呢？22 岁的年龄的确是太短、太短，可是雷锋活着，他以理想、信念、人格构筑了一个高大的光辉形象，这个形象凝聚着千千万万颗善良、淳朴的心，感召着一代代中华儿女像他那样学习、工作、生活。

孩子的画笔是稚嫩的，我们无须用审美的眼光去看画像，用心去品评，才能准确地认定这就是雷锋——孩子心目中的雷锋。我是在雷锋牺牲那年出生的，后来我背诵着雷锋叔叔的日记，铭记着他的教导，一言一行都向他学习。今天，我的学生、我的孩子也和当年的我一样，高举着"向雷锋叔叔学习"的大旗。唱着《学习雷锋好榜样》，为社会、为人民做着他们力所能及的事情。

站在雷锋画像前，一股巨大的暖流向我扑面而来，这是人间真情涌动的波涛。这时，我想起了一段军营生活：一辆满载化肥的28型拖拉机翻在营门左边的水沟里，司机被摔得昏死在一旁。就在这时，走来了一队出早操的解放军战士，没有谁下命令，他们就迅速投入了抢险战斗。两名战士背起司机飞也似的向医院而去，其余战士来不及脱去鞋袜，把一袋袋化肥完好无损地从沟底搬上了路面。整整一个上午的时间，战士们将头尾折叠在了一起的拖拉机硬给抬出了水沟。战士们的衣裤鞋袜全湿了，早饭也误了吃。一个星期后，这位司机拿着礼品来到军营寻找救助他的战士，但他没能找到，战士们谁也不肯承认那天的事情有自己的一份。我对司机说："兄弟，别找了，那天的事情是雷锋做的。"司机感动得热泪盈眶，买来大红纸写了封感谢信贴在军营门口，感谢军营造就了这么多的雷锋。

在学校，我常常见到集会时间值日老师让同学们认领丢失物品的情景，有人民币，有钢笔、铅笔、转笔刀，有手绢、纽扣……财物虽然小得不能再小，但孩子们拾金不昧的精神是何等可贵呀！他们在校内刻苦学习，在校外照顾孤寡老人，护理公路两旁的小树，清除村巷街头的垃圾，扶助弱小的弟弟妹妹……在他们身上闪烁着雷锋精神的光华。在工厂，我体味过兄弟姐妹般的同志情谊，在农村我时时被村邻们清澈见底的关爱之情所感动。

站在雷锋画像前，我仿佛看到了搏击洪水的英雄群体，看到了京九铁路壮观雄伟的场面，看到了三峡工程大坝合龙的威力，看到了卫星发射惊雷震吼的腾飞。这就是雷锋。在边防哨所，在研究室里，在都市摩天大厦的脚手架上，在山村小学的讲台上，在工厂、矿山，在希望的田野上——处处有雷锋，雷锋就是你、我、他！

（《天水日报》2000年5月18日）

校园樱花始盛开

5月的校园，樱花开了，粉嘟嘟的，煞是怡人。

我们的校园在海拔 2800 米以上的秦岭山地，也许是樱花最迟开放的地域，正因为姗姗来迟，才显得别有一番风味。她初放时节的白就如纯的牛奶，渐渐地粉嫩，渐渐地染红，散发着淡淡的馨香。

我们是把樱花当作名贵花木来栽培的。对于生活在大山深处的孩子们来说，见过的花木要比城镇孩子见过的多得多。上学的路上、玩耍的山坡，到处是各色各样的花木，有名儿的、叫不出名儿的，春天开放的、夏天吐蕾的、秋天斗艳的，喜欢了就随手折一束带回家中，找个瓶子插上。但是，孩子们见过的外来花儿却很少。前年，在"德援项目"的资助下，学校栽种了十余种风景树，樱花是唯一开花的树种，所以师生们格外喜爱。

校园里的花木全部由学生们领养，领养了花木就像领养了自己喜欢的宠物，精心照料，适时浇水、除草、松土。去年雨水多，有些花木的枝叶上生了虫子，可把同学们给急坏了。有人提出喷洒杀虫药，又有人觉得不妥，万一学前班的小朋友触摸树枝，那不就有中毒的危险吗！最终是一位高年级同学从爷爷那里得知草木灰能杀死害虫，就从家里弄来些草木灰撒在树叶上，果然小虫子一个个离开了枝叶，滚落到地上。

照料花木不能太勤，也不能太懒，得尊重不同花木的不同特性。同学们就在自己领养的花木上挂上自己的领养牌，牌子上详细写着花木的生长习性和特点。有位同学的领养牌是这样写的：

"樱花，落叶乔木。性喜阳光，喜温暖湿润气候，有一定的耐寒和耐旱力，抗烟和抗风能力较弱，喜欢深厚肥沃的砂质土壤。樱花春季开花，可分单瓣和复瓣两类。单瓣类能开花结果，复瓣类多半不结果。樱花和我们家乡的樱桃花不同，樱桃花是樱桃树的花，它的果实是可食用的樱桃果。樱花是樱树的花，在分类学上属于蔷薇科樱属，和樱桃同科，但不同属，樱桃属于李属。"

细细品味，这位同学是花费了心思的，把樱花和樱桃花进行了比较，他为什么这样做呢？原来学校对面的山坡上满是红樱桃树，一到春天山坡上的樱桃花如粉色的云朵，一簇簇，一片片，甚是美丽壮观。盛夏季节，同学们就爬上山坡去摘樱桃，熟透了的樱桃色泽红润像玛瑙，味儿甜得似蜂蜜。摘一把，填进嘴里，那味儿别提有多美了。这位同学是提醒大家别把樱花和樱桃花混淆了，特意查阅了好多资料写自己的领养牌的。

精心伺弄了两年，今年5月，校园的樱花盛开了，同学们的脸上洋溢着收获的喜悦，一张张脸蛋就像一朵朵绽放的樱花一样鲜艳。有的同学还把家长领到校园赏樱花，炫耀自己的劳动成果。并有人改写了白居易的《大林寺桃花》挂在樱花树上：

人间五月芳菲尽，

校园樱花始盛开。

别恨春归无觅处，

请到我们校园来。

这首诗被改写得意境深邃，富于情趣。校园绿化美化，既对学生进行了环境教育，又使学生得到了自然美的熏陶。

（《天水日报·教育周刊》2014年6月23日）

喜上杏枝头

　　"喜鹊闹梅"是画中之事，"红杏枝头喜鹊闹"却是我们校园里常常能够欣赏到的诗意美景。

　　清晨，迎着初升的太阳，我们来到操场上跑步、做体操，国旗迎风招展，红领巾在胸前飘荡。操场边的老杏树上喜鹊们也毫不拘束地从鹊巢里出来，在枝杈间跳来蹿去，从槐树枝头飞到杏树树杈，又落于柳树梢梢。似乎它们也是这校园里的一分子，听惯了悦耳的校园广播，懂得上下课的铃声，明白集合的哨音，喜欢和孩子们在操场上叽叽喳喳。孩子们呢，也把喜鹊当作好伙伴，不伤害鹊儿，更没有谁捣过鹊儿的巢。

　　喜鹊有两对，分两家住着，一家的巢在槐树梢头，另一家的巢还在槐树梢头。槐树是老槐树，共4棵，并排在操场边上，都有花甲树龄，和学校的校龄相当，从树身到树冠，古老而沧桑，又不失生命的活力。杏树略为年轻，有好多棵，分散在操场周围，和新栽的倒垂柳、红叶李、樱花、紫花槐、国槐们一起装扮着校园。

　　"杏花消息雨声中"。昨夜一场春雨，悄悄直下到今天清晨，也许是怕打搅今天的建校65周年校庆日吧，在上操铃响时雨停了，明媚的阳光洒向了校园。杏树枝头杏花点点滴滴地绽蕾吐苞了，喜鹊喳喳叫个不停，随着叫声，尾巴刺开又合拢，合拢又刺开。它们从这棵树飞到那棵树上，白色的腹部和肩部被黑色的发着蓝绿色光泽的尾巴、翅膀和头在运动中包围着，成一朵灿烂的喜鹊花，落在红杏枝头。

杏花，喜鹊，校庆。要说是天衣无缝，这将是极致："喜上杏头"，以"杏"谐"心"，可谓"喜上心头"。

我们的学校始建于1950年3月，这是前几年拆除校舍危房进行改翻建时，从老校舍的地基里挖出的一块木牌上得知的。木牌是当初建校时的奠基牌，毛笔楷书"漆家川初小。1950年3月"。它是新中国成立后武山县建起的第一批为数不多的初级小学之一，当时只有两间土木结构教室，30多名学生。1956年学校建成，占地面积1.04万平方米，全名为"武山县南山区民办完全小学"。为全县第一所民办小学，声名鹊起，显赫一时，被邻近礼县、岷县过往商贾称作"天水专员公署"，气魄、大方，为当地社会经济发展培养了无数人才。1965年南山民办完小附设初中，学校名称为沿安公社川儿农业中学。1977年学校更名为武山县沿安人民公社川儿九年制学校，附设两年高中，高中部招收沿安、杨河两个公社的学生。1981年撤消高中部，学校更名为武山县沿安乡附设初级中学。2000年9月，初中部全部搬至乡政府所在地，更名为武山县沿安乡中心小学，2013年更名为武山县沿安乡川儿小学。

65年风雨兼程，兴盛衰落，初小、农中也罢，高中、初中也罢，一切都是历史变迁中的必然。虽然我们的学校今天只是一所普通的六年制小学，不满300名学生，但是校园宽敞明亮，面貌焕然一新了。四棵已过花甲之龄的槐树目睹了校园里发生过的一切，见证着山乡教育的发展变化。

2009年灾后重建，校园土木结构的校舍全部被拆除，翻建成了防震、保温、光线好、通风的砖木结构校舍，配套设施齐全。去年又新建了可供全校师生就餐的框架结构学生食堂，山里的孩子在大山深处享受着和城里孩子一样的优质教育资源。

然后，我终于要说然后了。我们的孩子在宽敞明亮的教师里朗朗读书，在鸟语花香的环境里健康、快乐成长，在生命的春天里为自己的人生铺就着坚实的基石。有谁不"喜上心头"呢！

　　"声声啼乳鸦，生叫破韶华。"是鹊儿在枝头跳跃着的婉转叫声，还是孩子们的嬉闹欢歌？似乎都是，又都不是。是两者浑然一体，叫尽了这美丽的春光吧。

（《兰州日报·兰山副刊》2015年5月29日）

冬里的春

1

　　紧紧张张一个学期结束了，学生们像卸下重驮的马驹，挽起缰绳，轻轻松松地打个滚，自由自在地在原野间奔跑、嘶啸、啃食肥美的牧草，享受着马驹们应有的生活。老师们更像耕种结束卸下犁具的黄牛，回眸顾盼着湿漉漉的土地，在泥土的喷香中思考着播种后的收获。

　　这时，山涧的溪水叮咚舞蹈，林间的鸟儿啁啾歌唱，绿草如茵的山坡上点缀着各色野花，整个西秦岭北坡的山梁沟壑翠色欲滴，生机勃勃，一派祥瑞和谐的景象。

　　这景象是不分寒暑的，在这寒假来临的时节依然翻腾在陇右这所山村小学的师生心中。老李老师的心里为他的学困生成绩提升了而甜蜜着，小李老师更是喜上眉梢，他的教学成绩跃居全学区第一，年度考核能得个优秀，来年的职称晋升有指望了。就在教师们心花怒放，各自捧一束桃花儿李花儿准备清闲度假的当儿，学校转达了上级极为紧迫的任务：对本校服务半径内三个行政村的贫困户入户摸底，摸清3—5周岁幼儿学前教育情况，建立"教育精准扶贫"档案。

在山村小学，这样的任务大家做得多了，从普初、普九到建立全国中小学生信息系统，入户摸底算是轻车熟路。

2

午后，阳光暖暖的，是少有的那种寒冬收敛了暴虐之后的温馨的暖。老李和小李在一个组，要去离学校7公里的烂泥滩村，因为全校只有小李有一辆二手车，是他分配到山里任教后买的，为了回家方便。也是全校教师唯一的一辆车，学校有啥要紧事，就派啥用场，小李也乐意。

烂泥滩有所教学点，挂靠在他们小学，一名教师教着学前班和一年级两个班，20来个孩子。小李的车从学校出发，走不到5分钟的县乡公路后折进了窄溜溜的一条山沟。"这沟窄的夹人。"小李说，他在山里4年多了，还没走过这条路。

"那是你觉得山太大，人就被夹住了。你再在山里生活几年，扎了根，长大了，山也就空灵了，你就会一览众山小的。"老李说。

"有道理。"

"这路是去年拓宽硬化的，原先的路扁担似的，两辆三轮车都让不开道。"

"烂泥滩吗，能想象得到。"车子在缓缓前行，阴山湾的路面有积雪冰冻，光溜溜如镜子。小李驾技平常，走得小心翼翼，老李也便放心。

这条沟走到尽头时，前面出现了村庄，三四十户人家从山脚坐落到山腰，大多是土木结构的房子，也有新修的砖瓦房，瓷砖贴面，远远望去，鹤立鸡群般耀眼。水泥路在村口停止了，延伸进各家各户的土路就像羊肠子，被暖暖的阳光照得流着油，湿漉漉的——其实是路边的积雪消融了。

"真要挨家挨户地去摸吗？"小李问。

"精准，一个也不能漏。你说咋办！"老李下了车，翻着手中的花名册。

3

村口是一眼暖水泉，清凌凌的泉水咕咕咕叫着往外冒，淌出泉口后成一片浅浅的水潭。纯天然的矿泉水呀，小李美滋滋地举起手机拍照。一位穿着浅红色夹克衫的青年牵着一匹枣红色的骡子来饮水了，见有陌生人拍照，调转身子牵着骡子要溜走。老李亮开了粗嗓门喊："给骡子饮水，跑啥你！"青年扭过头来，脚步也停了，就是不说话。

老李蹿上去，抓住骡子的笼头，说："饮你的水去。"

"你们照相呢，我怕碍着你们，过会儿再饮吧。"

"不碍事，你饮水，我打听点事儿。"老李和善的话语绵绵地把青年拉回了水泉边，他翻开手中的花名册，读着户主的姓名，打问这家有没有3—5岁的幼儿。

"我不清楚。"青年的眼神很疑惑。

"没别的意思，我俩是咱中心小学的老师，来咱村摸底幼儿学前教育情况的。"

"国家政策这么好，能上学的娃娃都上学了。"

"你说的是义务教育阶段的娃娃，我问的是不够义务教育入学年龄的娃娃。"老李努力想把话说清楚。

"我常年在外打工，小一茬娃娃我也不清楚。"青年人抱歉地一笑，牵着他的骡子走了。

老李追着问："那你家里有学龄前孩子吗？"

"我还没娶上媳妇呢！"

小李忍不住笑了，"老李呀，依我看，咱找教学点的严老师去，他那儿的学前班学生不就是咱要的对象吗？"

"那没上学前班的呢？再说咱学前班招生年龄是控制在 5 周岁的，其他两个年龄段的孩子是上不了学前班的，咱还是挨户走吧。"

老李和小李是两眼一团黑，手中册子上的户主谁是哪一家的，全然不知，只有瞎撞了。

其实，烂泥滩的冬景是很诱人的。阳山一片浑黄，嶙峋的山石成黛青色就像大山的美人痣，羊群散落在山坡，给恬静的荒野添加了些许的灵气。阴山之巅白雪皑皑，山腰松树墨绿，未落尽的青枫叶子泛着血色的红，还有那白桦的霜白，也是层林尽染了。村庄里鸡鸣狗叫，有牛儿呼唤草料的长哞，有孩子们嬉闹的欢声笑语，还有电视传出的音响。这是小李初来乍到所感受到的真正的山村的情韵。

他俩走进了村边第一户人家。篱笆门外的空地上一位年过花甲的老者在剥一根白桦树的皮，见来了客人，邀请进家，捧出他的老旱烟，递过一窄溜纸，"卷棒烟吧"。

老李接住旱烟笸箩，并没有卷烟卷，"老哥，你尊姓大名？"

老者嘿嘿一笑，"姓王，排行老三，就叫王老三。"

老李翻册子，没有王老三。他把册子给了老者，说："找找您是哪一家。"

"我不识字。"

"老王叔，你孙子上学了吗，最小的几岁了？"小李瞅一眼尴尬的老李，转换了谈话方式。

"大儿子的女儿出嫁了，儿子还在乡中学念书。老二的小女儿也在咱村里的小学堂念一年级呢。问这做啥，进屋喝口水吧。"

"没事，您忙吧，打搅了。"小李泄气了，就这样走访，三四十户人家要走到啥时候，他拽了老李一把，低声道："走吧，不是对象。"

4

在第二户人家门口，望着那把金黄色的门锁，小李调整思路，提出找村医，找教学点严老师。村医那儿有全村幼儿打防疫针的花名册，严老师有学前班儿童花名册，两个册子一对照，三个年龄段的孩子接受学前教育的和没有接受学前教育的不就都出来了吗。剩余的再入户，咱的工作效率就快了。

老李点点头，寻访到了严老师，严老师又到村医家里要来了儿童预防接种花名册，摘出了三个年龄段的孩子，又挑出已经接受学前教育的孩子，工作已完成了多半。严老师是本村人，代课教师，守着自己的学校，常年在家，对村里的情况了如指掌。谁家的孩子随父母在哪儿上学，谁家的孩子在外婆家姑姑家，他是一口清。但是，也有他说不准的人家，他指着老李手中的册子说："就这一户，田山娃家，得入户去，摸清楚了全村的就都清楚了。"

5

日影已经西斜，出门劳作的人们也陆陆续续地回家了，赶着牛羊，背着柴火，也有扛着农具的，村庄恰是一幅夕阳晚归图。

田山娃家在村子的最上一台，严老师领路，老李小李随后，走进了土墙围住的院落。院子里大大小小三四个孩子在唱着歌儿跳皮筋，歌声穿透土墙飘散在炊烟缭绕的村庄。

"田叔，在家吗？"严老师进院门喊了一声，哗啦一下，院里的孩子们全不见了。一位中年男人出现在院子里，"严老师，还有客人啦，进屋，快进屋吧"。

"这是咱们中心小学的两位李老师，摸底3—5周岁幼儿入学情况的。"严老师的介绍很清楚。

中年男人就是田山娃，他撩起厅房的门帘，招呼客人进屋。门内，田叔在编竹篾背篼，偌大的背篼口朝着门，细长柔软的竹篾把门口挡了个严实。田叔偏着头瞅着外面的客人，满脸的不安，似乎让客人们进屋他极不情愿。好一阵子，田叔挪了一下身子，一位十二三岁的女孩怀里抱着个小棉被子包裹儿蹦出门来，一呼噜又钻进侧面一间小屋里去了。

田叔让开了门道，客人们进了屋。

屋子里很暖和，田山娃热情招呼老李小李上炕，他的妻子殷勤地捅开煤炉子，洗刷罐罐茶杯子，伺候客人们煮罐罐茶。这可是陇右人家最热情的待客方式，老李知道，这罐茶不喝，自己就不厚道了，他脱了鞋上了炕，也把小李拉在了身旁。

严老师有事，先走了。

田叔一言不发，手中的竹篾不紧不慢地缠绕着。老李没话找话，说："老哥好手艺。"

"庄户人家，离不开的农具，算啥手艺。"

"竹编活儿现在的年轻人都不做了，快失传了，老哥可要教几个徒弟呀。"

"没人想学这活儿。"

小李又掏出手机拍照，弄得老人偏过头去，手里的活儿也停了。"田叔，您做您的，我只是没见过编背篼的，好奇，随便拍一张的，没啥恶意。"

喝着罐罐茶，该聊的就能聊了。"你几个孩子呀？"老李尽量使语言亲和些。

"三个。"田山娃说。

"都上学了？"

"大女儿上初二了，二女儿在六年级，还有一个在严老师那里上一年级。"

老李觉出了田山娃的戒备，进门时院子里有好几个孩子呢，"能把户口本给我看看吗？"他试探着问。

"婆娘，过来找一下户口本。"他喊了一声，女人端着一盘热腾腾的油饼进了屋，这是她刚烙的，喷着胡麻油的纯香。

"老师，喝茶，吃油饼，我慢慢找。"女人很开朗，满脸的喜悦，好似双色球中了似的。"要户口本做啥？"可她还是这样问了一句。

老李说："看看孩子们的年龄，都入学了没有。"

女人拉开衣柜的抽屉，翻腾来翻腾去，找出户口本双手捧给老李。

"严老师进门时说，你们摸底3—5周岁幼儿入学情况，摸那干啥呀？"女人问。

小李的话匣子打开了，他说前些日子，政府给你们村每户5万元的精准扶贫款，三年没有利息，扶助大家脱贫致富奔小康。

"是呀，我家的5万元扶贫款规划养羊，这么宽敞的草山，三年准能过上富裕的日子。"

我们学校做的是教育扶贫，首先摸清楚学龄儿童情况，不光是义务教育，学前教育这一块也要摸清底子，扶助所有的幼儿接受学前教育。现在摸底漏了的，可能就没法支助了。

"上小学上初中国家免费，还有营养早餐，幼儿园学前班也要免费了吗？"女人的脸上展露着惊喜。

"还问啥，那本新的户口本呢，找出来呀！"田山娃对着女人说。

女人又拉开衣柜，从最底层的抽屉里翻出一个布包，摊开，取出一本户口本。这是去年新上的户口，户主叫王婷婷，一个女孩，4岁半了，一个男孩，一岁两个月。女人说，王婷婷就是她，老李感到茫然，这唱的是哪一出，为什么好好一个家庭弄两个户口本，男人女人各一本？

田山娃说，这是没办法的法子。王婷婷的眼圈湿润了，哽咽着说："为了生个男娃，我俩假离婚。四女儿出生后一直在外婆家，去年生下儿子后才领过来的。"

"生下儿子了，恭喜恭喜！"老李老道，连连道喜，又玩笑着说，"难怪你气色这么好，真的中头彩了呀！"

"现在国家放宽了生育政策，允许生二胎了。"小李说，又觉着不妥，允许生育二胎，但不是无节制的生育呀！

"我们今天的摸底与计划生育无关，只是为了让所有的孩子都能上学。"老李岔开了话题，在这样一个特殊的家庭谈论他们最为敏感的话题，似乎不妥，他心里想。但是，孩子无过错，只要她来到这个世界，就有接受教育的权利。他摊开摸底表册，照着户口本，采集了这个 4 岁半了，还生存在地下不敢让人知晓的女童的信息。

6

田叔停下手中的活儿，洗洗手坐在了炕沿上，那张一直拉得长长的脸上有了笑容。他给老李敬烟，说："当老师好，教孩子是积德行善的事。"

"您夸张了，老哥，上炕坐，地下冷。"老李不抽烟，反客为主让主人上炕。

田叔点燃一支烟，笑盈盈地说："这个冬天没觉着冷，像是冬里的春。"

任务完成了，老李小李起身要走。田叔一再挽留，催媳妇儿赶紧做饭，来了客人，赶上吃晚饭的时节，就得吃了饭再走。但他没留住两位老师。

夕阳挂在西山巅上，各家的烟囱里冒着炊烟，烂泥滩的黄昏散发着泥土的馨香。老李小李走出田山娃家，田家全家人送到门口，大女儿抱着小棉被包着的小弟弟，摇着小手说："拜拜！"

小李又拍了一张田家的全家福。

车子驶出烂泥滩，小李问老李："这个冬天没觉着冷吗？"

老李答："不冷。冬里的春。"

（《武山文艺》2016年第三期）

走在乡间的小路上

    1985 年 9 月 9 日，是我像生日一样记着的一个日子。这一天，我走进校园，开始了我的教师生涯。第二天——9 月 10 日，是中国历史上的第一个教师节，我刚好赶上了。我们的学校是一所完全中学，属工厂和部队的子弟学校，也招收当地农村孩子。教师节这天，工、农、兵各方派人来慰问，送礼品、演电影、搞联欢，教师们的头上闪烁起圣洁的光环——蜡烛、园丁、人类灵魂的工程师、太阳底下最神圣的职业……光芒四射，也照亮了我职业生涯的起点。从此，曾被说成"臭老九"的教师，成了受人敬重的职业，尊师重教成为社会美德。

    去掉佛光，佛的本真是人。收拢光环，教师更是极为普通的人，就像走在乡间小路上的农夫，不失时节地耕耘，播种着梦想，收获着喜悦，也饱尝着生活的酸甜苦辣，经历着人生的喜怒哀乐。

    在子弟学校，我教初中语文。当时，初中毕业生报考中专、中师热门，尤其是农村学生，读完初中不上高中，挤破脑袋地在初三补习，争那每年的五六个招生指标。我把一届学生从初一教到初三后，就被定格在初三补习班教语文。补习班的学生比我小不了几岁，在课堂上我们是师生，课后我们是兄弟姐妹。每到毕业季，那种留恋，那种不舍，总让人泪眼涟涟。考上中师中专的，实现了自己的愿望，大家一起祝贺；参军了的，有自己的梦想，我们为之送行；毕业返乡的，我们为其祝福；上了高中的，还在同一所学校，来日方长。我把自己置身于学生当中，和学生们一起分享着快乐和忧伤、成功与失败、得意与失意，我的生活很充实，生命在工作中升华着。

我在子弟学校工作了5年，和学生们一起培养了文学兴趣，为我的文学梦奠定了基础。我发起创办了"幼林文学社"，社刊《幼林》是16开32页码的油印月刊，每学期出4期，发表作品由各级各班语文老师推荐，师生共同组成的编委会审稿定稿，由学生编委刻蜡版、绘插图、编排版面，油印、装订分发。也有自由投稿箱，挂在我的宿舍门口，常常是打开投稿箱，稿件满盈盈。至今我还记着自由来稿中的一首诗中的句子："谁说石沟门，只有／满地的石头／有一天，石头也会开成灿烂的／花朵。"的确，《天水晚报》专访省作协会员毛韶子时，诗人捧出了我们的《幼林》对记者说："我的第一首诗是在这里发表的！"石头真的"开成灿烂的花朵"了，一朵是诗人毛韶子，另一朵是省作协会员唐亮。《幼林》创办的第二年，我的小说处女作在市文联刊物《天水文学》发表，在我指导学生作文的同时也成就着自己。学校开发乡土教材，我撰写了《武山地理》初稿，送县教研室后，我被抽调到教研室一年，专门编写这本乡土教材。一年中，我时时想着我的学校、学生、讲台、上课、批阅作业，历历在目。我适应不了机关工作，我的激情在课堂。于是，当《武山地理》经市教育科学研究所审定，确定为"天水市中学乡土教材"后，领导问我有啥打算，我说我要回到学校去上课。

我调到一所独立初中，两年后我又申请调动，回到了自己的家乡——有"武山西藏"之称的沿安乡。适逢普及初等义务教育攻坚时期，我来到了大山深处的一所小学。

走进没有围墙的校园，我的心冷冷地战抖。一院破庙脚下立着5间破旧的土木结构教室，一排同样破旧不堪的教师宿舍，每间不足8平方米的面积，共6间，原有5名教师，我住进去后恰好占满了。课桌凳是拆了身后庙里的木料做的，讲台是土坯砌的，学生取暖是一方火坑，指挥上下课的是悬在房檐下的半截槽钢，操场上什么也没有，干干净净一块土场。宿舍里有窄窄的一方土炕，自炊的灶头是土泥的烧柴火炉，一张办公桌，窗户用纸糊着，没有电，每人一盏煤油灯。身处这样的环境，我好似从天堂掉到了地狱，我来的有点后悔了，第一夜便失眠了。听着破庙院里古柏树上的夜莺啼叫和村庄里传来的犬吠，瞅着眼前跳荡的煤油灯，顺手在糊墙纸上写下"犬吠莺啼孤灯惨，校舍森森天地间。太皇山下兴隆寺，斗室唯我夜无眠"。

看着校园里的5名老同事整天上班下班，忙碌自在的样子，我无话可说，这就是边困山区的教学条件，你得去适应，努力地去改造它。于是，我就安心地做起了"a.o.e"老师。在这里我工作了4年，我们一边教学一边改造办学条件，终于在我们的服务范围内普及了初等义务教育。到我调离时，教室全部翻修了，还盖了一间图书、仪器室，有了校墙、厕所，操场上竖起了国旗杆、木质篮球架，大多数课桌凳也换新了，教师办公照上了电灯，校园里响起了校园广播。我感谢那所大山深处的小学，感谢条件的艰苦和生活的艰辛，在这里我业余创作了长篇章回小说《水帘洞传奇》，发表了中篇小说《根》。

在另一所小学我又工作了3年，之后就来到了我今天的学校，在这里一脚落地就是17年。曾经的学生是我今天的同事，教的是学生们的子女，都做师爷爷了，真也是其乐融融。

我们的学校是一所山区名校，创办于1950年，是武山县第一所民办完小，建筑很有气派，当时被人们誉为"天水专员公署"，之后办成农业中学、九年制附设高中、九年制学校。1999年我进校时，学校布局调整，初中部迁建至乡人民政府所在地，成了乡中心小学，2013年中心小学也向乡政府驻地集中，现在是一所六年制普通小学。然而，在它的身上深深地刻着新中国农村教育发展的完整记忆。

17年，我生命的1/3在这里度过，我把学校当成了自己的家，每天在家与学校之间往返6公里。这段乡间小路上有草长莺飞，杨柳青青，花儿艳放；有春雨沙沙，秋雨连绵，雪花飞舞；更有狂风暴雨，电闪雷鸣，冰封雪盖。走在乡间的小路上，我从未感觉到过孤寂或者是平庸，无论是上学还是下学，都有学生和我列队同行，唱着歌儿，就像在天空飞翔的大雁。我陪伴着孩子们一茬茬地长大，从这条小路走向大山之外的世界，走向他们梦想的乐园。我在平凡中享受着快乐，在丝丝白发中感受着青春的蓬勃。

今年9月9日，是我从教30周年纪念日，写下此文，以为记。并祝同人们教师节快乐！

（写于2015年9月9日）

跟上红军走

这一天飘着水雪朵儿，像漫天飞舞的柳絮，裹住了枯黄的妈咪山，山坡上的羊群像抹上了一层奶油的蛋糕，团在一起懒得吃草。两个衣着单薄的放羊娃挤在山坡的石崖下，点着一堆朽木烤火取暖，脸蛋被火烤得红扑扑的。

忽然，弟弟对哥哥喊："哥，你看，队伍！"哥哥顺着弟弟手指的方向望去，顺马坞河走来了一队人马。这几天他常常听大人们谈论红军，便对弟弟说："那是红军的队伍。"弟弟说："哥哥，你把咱家的羊看好，我跟红军去。"说完就向山下跑去。他跑回家中，把二嫂给他做的过年穿的一双新布鞋翻出来穿在脚上，偷偷地跑出家门，跑出自己的村子那坡里，追着红军队伍走了。

这是1936年10月的一天，哥哥叫包成义，弟弟就是包武成。13岁的包武成记不清离开家乡的具体时间，在他以后的戎马生涯中对家乡的记忆就是那柳絮般飞舞的雪花，对亲人的思念也是那双二嫂给他做的新布鞋。包家弟兄5个，包成义排行老四，给村里的富户放羊，包武成排行老五，跟着哥哥放自己家的六七只绵羊。

1936年10月8日，贺龙、任弼时领导的红二方面军左路纵队从礼县翻越分水岭进入武山县境内。大部队经草川到温泉乡柏家山宿营，次日兵分两路，左路顺南河占领洛门镇，当日深夜抢渡渭河，经嘴头乡去甘谷礼辛。右路沿聂河至甘谷县盘安镇过渭河北去礼辛与左路军会合去通渭。另一部分翻越分水岭进入沿安乡竹子沟，顺马坞河至南河向洛门镇进发，包武成就是跟上这支队伍走的。当时红军一位十四五岁的四川籍伤员留在竹子沟，在群众的掩护下隐姓埋名取名张三生存了下来，张三说自己是贺龙的兵，前些年去世了。

红军队伍到沿安乡漆家庄时，贫苦的百姓拿出家中仅有的洋芋给红军，收百姓的一颗洋芋红军都付了钱。到川儿村时，村里的开明人士把粮食送到路边，红军收下了当时极为珍贵的粮食，留下了收条。包武成一直跟着红军队伍走，走到白铁沟时他拽住一位红军战士的手说："我要当红军！"这位战士说，你还小，长大了一定收你当红军。他铁了心地说："我能喂马！"说完就向首长骑的那匹青色大马奔去，一把拽住马笼头，仰起头对首长说："我要当红军，我会喂马，我敢牵马！"首长把手按在他的肩膀上，说："真的吗？"他坚定地点点头。

雪花还在飞舞，他单薄的衣衫湿漉漉的。首长脱下自己宽大的打着补丁的军上衣给他穿上，一位战士把一顶军帽戴在他的头上。他兴奋极了，抓住马缰绳对首长说："我给你牵马！"首长把他扶上马背，笑着说："还是你骑马，我牵吧！"

就这样，包武成穿上了军装，成为一名红军小战士。

包成义看着弟弟真的跟上红军走了，急急地收拢羊群，回去给家里人报信。可是自己家的那几只羊和他给别人家放的那群羊儿不合群，好不容易拢到一起，当他把羊群赶进村子时，红军队伍已经远去了。大哥是家里的掌柜的，听到五弟跟上红军走了，焦急万分，叫了个村邻追了去。在离那坡里村30里地的亮晃台河湾里，大哥赶上了红军队伍。这里是马坞河下游的峡谷地带，再往下走10里路就是杨家河和马坞河交汇地四门镇侯堡村，两河在这里相会形成大南河，水势浩荡，向渭河奔腾而去。

红军队伍在这里埋锅造饭，大哥赶来时，饭已经吃完，战士们正在收拾锅碗。"武成，武成！"大哥喊着弟弟的名字，在队伍中寻找。包武成老远就看见了哥哥，他挤进战士们中间，不理哥哥。这时军号吹响，队伍整装待发，哥哥三步并作两步奔到弟弟跟前，一把拽住弟弟，"跟哥回家，你还小，长大了哥哥一定送你当红军"。他挣脱哥哥的手，撒腿就跑，边跑边抓起地上的石块朝哥哥摔去。红军首长把兄弟俩叫到一起，说："你是哥，咱让弟弟选择。如果愿意跟你走，就回家去；如果愿意跟我们走，就当红军。"

"我要跟上红军走。"弟弟不假思索地说。

"那你就得给哥哥一个理由呀！"红军首长说。

包武成的眼眶里有了泪水，他哽咽着说："家里吃不饱，我连一双鞋也没有，还得天天放羊……"

首长瞅着包武成脚上的新布鞋说："你穿着新布鞋呀？"

"这是二嫂给我做的过年穿的布鞋，一年就这一双鞋。我今天从家里出来的时候偷偷拿上穿的。"包武成说。

哥哥的眼眶有了泪珠，"那你就跟上红军走吧"。

这天傍晚，队伍到达洛门镇，原计划向天水方向进发，得到的消息是军阀鲁大昌在天水一线布有重兵。于是，抢渡渭河，经嘴头乡去甘谷礼辛与大部队会合，向通渭县城进发。一夜急行军，第二天上午到达通渭县城，先头部队已经解放了通渭县城。包武成所在的部队在县城驻扎了几天，成立了通渭县苏维埃政府，选举了苏维埃政府县长。大部队继续北上，包武成和一名比他大两岁的小战士被留了下来。小战士是武山县四门镇人，和他是老乡，他俩当了苏维埃政府县长的勤务兵。他俩跟着县长成立农会，参加减租减息，保卫红色政权。

那是个雪后放晴的夜晚，一轮圆月悬在天空，大地一片银白。包武成和小战士被七零八落的枪声震醒，国民党军攻打县城了，县政府大院里一阵忙乱，县长组织人员反攻，但寡不敌众，县城被国民党军占领。包武成和小战士与县长失散，后来小战士也不见了，包武成一个人站在城外的雪野里。他望着满天星斗，不知道自己该往何处走，他看见了北斗星，想起了首长说的话："继续北上，到陕北去！"他离开了通渭县城，朝着北斗星所指的方向一个人不停地向前走，走到天亮时赶上了一支红军小股部队，他出示了自己的身份证明，随着这支小部队一直走到与大部队会合，到达陕北。

在陕北，包武成被配往李鼎铭先生处做了勤务兵。他学会了开汽车，李鼎铭先生教他识字，学文化，他从一个放羊娃成长为一名有文化、有理想的共产主义战士。他一直在李鼎铭先生身边工作，1948年随党中央到了西柏坡。在西柏坡他负责和山西的地下交通员联络，从黄河边的船上把情报取回来交给党中央，把党中央的文件交给船上的交通员，一直到新中国成立。

新中国成立后，他随党中央进了北京，先后在中央军委、国家信访局工作，后来调到国家安全部工作直到离休。

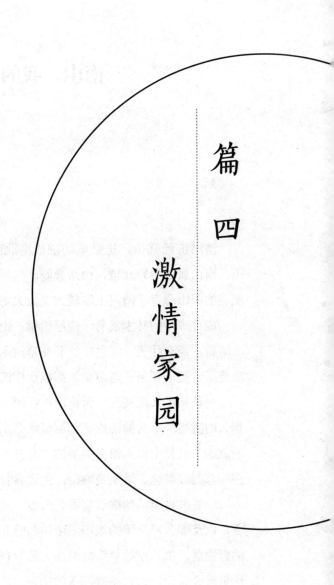

篇四

激情家园

南山，我的家园

　　渭河流经武山，把县域切割成南北两块，以北称北山，以南称南山。南山属西秦岭北坡，山峦叠嶂，气候阴湿，森林广布，草场宽阔。肥美的南山孕育了渭河上游较大支流大南河，养育着南山儿女。

　　成片成片的林木裹着一座座山梁，山山峁峁翻滚着林海绿涛，是那么清新，那么壮美。绿色中泛着花草树木特有的馨香，就像山里人煮的甜麦子，爬上任何一道山梁，都能让你沉醉。这就是南山，我的家园。

　　一条条溪水流淌在一道道山沟谷涧，沟沟涧涧舞动着银带彩练，是那么的清亮，那么的缠绵。潺潺流水是山的血液，瀑布清泉沸腾着健美的歌谣，就像山里人浪漫柔情的"花儿"，走进任意一条沟涧都能使你有初恋般的眷恋。这就是南山，生我养我的家园。

　　一坡坡良田，飘散着麦香、禾香、油菜香，更有洋芋淡淡的泥土醇香，以及那蜚声全国的岷归浓浓的药味儿。山山岇岇里的羊群就像飘飞的野棉蒿，牛儿在绿草深处游荡，骡马在天边云际奔驰。种植和放牧在这里重叠着诉说远古羌族部落的荣衰，讲述着南山披荆斩棘的发展史以及卑微的獂戎人当家做主的飞跃。这就是南山，平等、自由、和谐发展的南山，我那从苦难走向繁荣、从野蛮走向文明的家园。

一方水土养一方人，南山儿女有着山的厚实，水的意志，森林的胸襟，南河的勇往直前。忆往昔，南山夹缝里的村落是悲凉而贫穷的。偏僻的庄园，羊肠子小道，驴驮马运人力背负的交通运输。石头墙，茅草房，透亮着煤油灯的光焰；土坯墙，灰瓦房，老婆孩子热炕头是奢侈的生活享受。靠山吃山，于是乎，伐木毁林，垦山种田，使荒岭连绵，灰土漫天，河流枯瘦如丝。粗茶淡饭，补丁衣衫，贫穷和落后病魔般欺凌着南山。物质的匮乏连带着文化的落后，生存得那么艰难，还念什么书，上啥学，无数的孩子把童年和少年的美好时光耗费在拔猪草、放牛羊的劳作里，留下了一句嘲讽和谩骂的语言："你怎么像南山里的放羊娃——野头马胯的。"历史在这里冻结成冰凌，南山艰难地等待着春天的到来。

俱往矣！春风徐徐来，山河解冻，迎春花儿开了，布谷鸟唱响了春天的故事。南山抖擞精神像一匹熬过冬天的骏马，扬鞭奋蹄，诉说的不再是贫穷、落后和悲凉。一座座村庄，一条条沟涧，一道道山梁，涌动着的是无限的生机与活力。勤劳的南山儿女们给南山穿上了美丽的绿装，松柏做衣，杨柳为裳，青草衬衫，槐花镶边，昂首阔步在时代的舞台，演绎着盛世祥和。洛礼路、杨岷路、四龙路、武沿路、侯白路，公路纵横交错，把南山连向了山外的世界，农机路村村通让驴驮马运躺进了历史的记忆中。南山就如一条充满青春活力的壮汉，用勤劳和智慧装扮着自己，建造着家园。茅草房修成了砖瓦房，土坯房建成了平房乃至楼房，自来水流淌在昔日缺水的灶台上，油灯封存成文物，夫妻吵架也摔手机砸电视机了。

在南山行走，任何一个村庄的建筑，最气魄的一定是校园，宽敞的校舍，优良的现代教育技术装备，使南山的孩子逐步实现着和城里孩子同样享受优秀教育资源的梦想。村子里再也看不到游离于校园之外的少年儿童，甚至有孩子自由择校，上了城里的学校。

南山敞开了胸襟，放开了手脚，以全新的姿态融入了时代的大潮。

南山儿女走南闯北，建设着大家园，繁荣着小家乡。留守土地的人们正使农业种植结构发生着变化，药材种植面积在逐年增加，蔬菜试种也在悄然进行。在草场肥美的区域养殖业正走向产业化，羊场、牛场、鸡场、鱼塘在山林深处安了家。

这就是南山儿女们的南山，我的家园。

"采菊东篱下，悠然见南山"，陶渊明的南山静穆而淡远，日暮若有若无的岚气在峰际浮绕，成群的鸟儿结伴而飞，归向山林。南山淤积着无尽的禅意让人咀嚼。

秦岭千峰秀，最美是南山。我的南山真实而亲切，洋溢着勃勃生机，潇潇洒洒地舞动着山梁沟壑，勤劳的人们一心一意建设家园，创造着生活的幸福与美满。

南山，我的家园。

（收入《七月颂歌》2014年7月）

甜蜜的蔬菜

天空纷飞着雪花，山野披着银装。一个普通的冬日，在暖烘烘的屋子里，我和妻儿们围着饭桌，桌上摆着韭菜炒鸡蛋、青椒炒肉丝、酸辣白菜和凉拌蕨菜、乌龙头。在当今农村，这是一顿极为普通的饭菜，是任何一户农家都能随手做来的便饭，但它洋溢着生活的温馨和甜蜜。

饭桌上的韭菜、青椒是从洛门蔬菜市场买来的，白菜是自己地里种的，蕨菜和乌龙头是春天时节亲手从太皇山采来，冷藏在冰箱里的。无公害，纯天然，原汁原味，咀嚼，大自然的凄风苦雨、阳光雨露、泥土馨香、农人的智慧勤劳皆在其中。能在寒冬腊月间吃上新鲜的蔬菜，在我们这一代人的青少年时代是做梦都不敢想的事情。南山有句话说"老妖怪，十月里想吃苦苣菜"，那是办不到的事儿。然而今天，不要说苦苣菜，天下蔬菜应有尽有，想吃的，哪受季节限制，都能摆上饭桌。翻阅华夏文明史，是前所未有的。因为我们生活在一个盛况空前的文明盛世。

"春寒还料峭，春韭入菜来。"当我动筷子享用这新鲜菜肴时，便想起《诗经》中"献羔祭韭"的诗句来，它证明了在3000年前我们的祖先已经掌握了韭菜的栽培技术。之后，两千年前的汉代也有利用温室生产韭菜的思路与技术，到了北宋便有韭黄生产，300 年前的农民已掌握了利用风障畦进行韭菜覆盖栽培技术。然而，真正将韭菜栽培技术探索到极致的是今天的武山人。

40 年前，农民马德川在院子里种植韭菜的塑料拱棚是武山蔬菜这一甜蜜事业的开端。37 年前，村支书王义仁自留地里的韭菜大棚便是甜蜜的里程碑。于是，种植蔬菜有了专门的研究会，诞生了"蔬菜王"。塑料大棚有了塑料单层覆盖、双层覆盖、多层覆盖等种植技术，多种蔬菜作物走进了塑料大棚，自给自足的种植模式被彻底打碎了，武山蔬菜成为产业稳步步入市场，走向全国 24 个省市的蔬菜市场，种菜人也荣耀地走进了北京中南海。25 年前，农民何新明建了半亩地的第一代日光温室，为蔬菜高产再树里程碑，第二代日光温室、高科技示范园区，从韭菜到航天辣椒的种植，因为蔬菜，因为反季节，武山唱响了全国，成为"中国韭菜之乡""国家级蔬菜标准化示范县"。

"谁知盘中餐，粒粒皆辛苦。"当我放下筷子，收拾碗碟时，不光是吃饱肚子后的安逸，心中生出的是无限的敬畏。对菜，对种菜的人。

一盘普普通通的菜摆上饭桌，要经历多少艰辛的劳动和探索，尤其在数九寒天吃着新鲜的蔬菜，是不能够用一个"反季节种植""四季有鲜"轻描淡写而不了了之的。季节是自然规律，反季节就是逆天行事，武山人做到了"人定胜天"，使一个靠天吃饭的穷乡僻壤成了不靠天生活更甜蜜的富庶之地。

甜蜜的生活来自于蔬菜——甜蜜的蔬菜。

武山蔬菜规模化、产业化种植是从韭菜开始的，于是我就又想起了儿时母亲从山野地埂间摘来的野韭菜、野韭黄。炒一小碟山野韭菜或韭黄咸菜，全家人围着吃，那股香味，是只能意会不好言语的。韭菜味辛、甘，入肝、胃和肾经，温中行气，散瘀解毒，又叫"壮阳草"，称之为蔬菜中的"伟哥"。难怪人们那么喜欢它，有那么大的市场潜力。

"三月里的乌龙头，四月里的蕨，五月里的韭菜镰刀割。"这是南山的一句谚语，老少妇孺挂在嘴边。太皇山的蕨菜和乌龙头是被称作山珍的野菜，每到三四月间，山村男女都要进山折一趟蕨菜，扳一回乌龙头的。有的人是自己享用，有的人拿到集市上去卖。于是，有人就将乌龙头树移植到了自己的菜园子里，和当初人们驯化野韭菜一样，开始栽培乌龙头了。我不敢说它会形成气候，出现规模种植，但这是武山人对蔬菜的钟情，有情有爱，什么样的奇迹不能够发生呢！在蔬菜种植之路上，武山人的求索是永无止境的，因为人们的生活因蔬菜而富裕了。

蔬菜，我的甜蜜的蔬菜！

（《甘肃日报·百花》2016年3月12日）

中梁山的温暖情怀

　　中梁山，这道西秦岭北坡中海拔2800余米的山梁，它被马坞河和杨家河两条水龙挟着，蜿蜒北去，山梁绾结处，两条水龙凝聚成大南河，向着渭河款款而去。中梁山就像搁浅在水中的舟船，巍峨挺立着。由于是舟船搁浅了的停泊，所以山梁上的村庄极度缺水，生活在山梁上的村民们心中就沉淀了一部艰难的饮水史：满山满沟找水，人背畜驮；集水工程，水窖蓄水；引水上山，自来水进了家院。这是从地狱到天堂的飞跃，就像一个长长的梦，梦醒了，清凌凌的自来水就哗哗哗浇进人们的心田了。这是从中梁山脚下流淌着的杨家河引上山梁的水，现代化设备处理过的纯净水，它从海拔最高的闫山村开闸，流进了千户人家万颗人心。

　　行走在中梁山，柏油的杨岷公路如果是一条动脉血管，那么，通向各村的水泥路就是它的分支。原先的中梁山，葱叶儿似的乡间红沙土小路，只要遇雨天，就成了红泥浆，糨糊一样，人走抬脚脱鞋，牲畜走滑蹄。前几年，农机路村村通，路面宽了平了。这两年村村铺成了水泥路，村村有了农用机动车，任何货物都能运送到家门口了。村子变了模样儿，变得俊俏而迷人了。

我站在矗立于山梁之巅的移动通信塔前，深秋的中梁山尽收眼底，山梁红遍，层林尽染。一坡坡冬小麦鲜嫩的苗儿翠色欲滴，给万物凋零的深秋增添了勃勃生机。哪里有树木，哪里就是村庄。杨树、柳树和榆树是随遇而安的树种，满山梁随处可见。在房前屋后、田埂地边栽树是中梁人的习惯，谁家批了宅基地，谁家建了新院落，必要在院子里栽上梨树、苹果树。在山里很难种活的葡萄树也在人们的精心栽培下安了家，在院子里搭起了绿色凉棚，结的葡萄虽然不那么甜，但却是院落里的一道耀眼风景。野酸梨树和杏树是不用栽的，孩子们随手扔的核儿就自个儿长出来了。山梁上的每一个村子里，都会有百年老杏树或者野酸梨树，它们历经风霜雪雨，见证着村子的沧桑变迁。

　　中梁山村的院落房舍都依山势而建，虽不是整齐划一，却错落有致，凌乱中显现着共同的方向。那些砖木结构的房屋灰瓦红墙，檐墙瓷砖贴面；框架结构的大都是平房，也有小二楼，典型的南山建筑风格糅进了川道地区的建筑式样，美观大方，得体适用。各家房顶都有一个电视接收锅，如葵花向阳那样对着卫星的方向。各家院墙边上都堆放着烧烟用的柴火，有的一捆捆靠院墙竖立排成行，有的横放着码成木柴方墩。瞅着这些柴火，就让人联想起油盐酱醋柴，能够让人闻到炊烟的味儿——城市里找不到的人间烟火的味儿。是那么虔敬，那么平和，那么温暖，那么亲切的人间烟火，泛着浓浓的泥土味儿和烟熏味儿，向人们传递着丰衣足食，安居乐业的温暖情怀。

　　一列车队出现在了我的视野里，六七辆小轿车后面紧跟着一辆农用双排座卡车，车厢里是洗衣机、电视机、电冰箱和花花绿绿的嫁妆。噼噼啪啪的鞭炮声响了起来，冲天的礼炮响了起来，这是谁家在娶媳妇了。随着徐徐来的风，我已经闻到了农家宴席上酒肉的飘香。年轻人幸福呀，幸福得让人妒忌。思想中，自己那个时代的影像就浮现了出来。一匹枣红色的骒马驮着新媳妇，前摇后晃、叮叮咣咣地走在碎石路上，身后是送亲的亲戚们背着嫁妆箱子，提一对水壶，网兜里是洗涮用的脸盆、牙刷和刷牙缸子。走进家门，来客一碗烩菜、几个有限的馒头、几杯浊酒，吃不饱肚子，喝不红脸皮，只要把媳妇娶进门过日子就够了。故而，人们把结婚娶媳妇叫作"过事情"，事情过去就行了。后来，手扶拖拉机和小四轮拖拉机替代了骒马，新媳妇有车坐了。拖拉机隆隆隆地爬行在山间小路上，车斗里是穿红戴绿的新娘，虽摇来晃去，坐卧不宁，但是也如沈从文第一次进北京坐排子车一样欢喜，心里乐滋滋的美。因为奴家是坐着拖拉机出嫁的，不是骑着骒马。其实用骒马娶媳妇是有讲究的，村里谁家的骒马毛色喜气，下马驹顺溜，这匹骒马就是全村娶媳妇的宝贝，骑着这样的骒马娶进门的媳妇，婚后生儿育女一定吉祥如意。再后来，就是农用卡车迎亲了，新媳妇坐在副驾座上，亲戚们在车厢里，酒席也讲究了起来，"四大四小"8个菜，馒头随便吃，酒凭酒量去喝，欢天喜地的过事情。可和今天相比，仍是今非昔比，天壤之别呀！简练的车队，所有的亲戚朋友们安逸地坐着小轿车送亲，没有城里人车队的浩荡，是因为中梁山人就是这么朴实，不显摆。

我知道酒席一定是很丰盛的，鸡鸭鱼肉都上了桌子，还有自家养的那口大肥猪也定是宰了的。人生大喜也就这么一回，让亲戚朋友们欢天酒地喜闹一回，吃喝一顿，日子过得好了，喜事更要办好的。于是，我已馋涎欲滴了，便离开移动通信塔，朝缭绕着炊烟响着爆竹的喜庆方向走去，去品味中梁山淳朴的温暖情怀。

（2015年9月获第二届中外散文诗歌邀请赛一等奖）

村庄的色彩

　　村庄是有颜色的。赤橙黄绿青蓝紫，金黄是我的家乡桥子村的主色彩。它虽处西秦岭北坡，但土地却是能够烧砖泥瓦的黄土。就是这金黄的土地生金长银，养育着父老乡亲和兄弟姐妹。

　　春天，它虽山清水秀，万紫千红，妖娆醉人，但在我的记忆中最美是夏天。青稞大麦熟了，翡翠般的田野一夜之间缀上了一片一片的鹅黄，熬过岁月，在饥饿的边缘翘盼的人们挥动镰刀，开始收割这专为接济口粮而种的大麦青稞。急切地收割，忙忙地打碾晾晒，当立轮水磨坊里响起咣当咣当的磨面声时，人们的脸上就绽开了笑容：熬到收获了。在靠天吃饭的庄稼人心里，庄稼就是天。田野的麦苗拔节生长，抽穗扬花，由绿泛黄的历程，在庄稼人的心里那是乌云飘退，太阳升腾的进程。年年岁岁，从一粒种子落入黄土，人们就盼着能够风调雨顺，五谷丰登。

　　当你望着田野一片金黄，麦浪滚滚的景象时，会热泪盈眶的。父亲就是这样。那一年我17岁，和父亲一起走进土地承包后第一年自家种的麦田里，父亲伸出双手，颤抖着捧住一把麦穗，躬身亲吻着，泪花闪闪地说：啊，我的黄金金的麦子！我懂得父亲的情感，也伸出手去，让麦芒刺着手掌，手心痒痒的，心里甜甜的，对父亲说，现在好了，我们将不再吃了上顿愁下顿了。父亲含着热泪和我并排坐在半山腰的麦地边，俯视山脚下的村庄，它被一片一片的麦黄包围着。那是金子般的色彩，在阳光下沉甸甸的四射着光芒，赶羊儿似的翻滚着浪花。父亲说，这才是我们村庄的色彩呀！

这是我少年时的记忆，金黄是父亲村庄的色彩。

有那么一天，大麦青稞在田野里找不到了，各家的粮库里装满了麦子时，冬油菜的种植面积扩大了很多。人们向土地讨足口粮后，开始伸手要钱了。一公斤油菜籽的价值是小麦的三倍，于是，油菜花开遍地黄，招蜂引蝶，庄稼人的生活便甜美起来了。

5月，是家乡的油菜花艳放的季节。这一天，一辆摩托车飞驰着驶进村子，骑车的是一位20来岁的女子，摘下安全帽后，长发飘逸，普通话里夹杂着四川方言。她说自己是放蜂人，从四川进陇南，一路走来，她们的蜂场现在在礼县，她是来踩点的，准备转场。她看准了我们村，公路穿村而过，小河绕村而流，连片的油菜花在她眼里就是流淌的蜂蜜。她问，这是啥地方。我告诉她，你从陇南进入天水武山的南山里了，顺村前的河流走就是渭河了。姑娘也干脆，和村边一块打麦场的主人谈好了租用价钱，让主人给打麦场里拉上能看电视能照明的电线就走了。

一个星期后的傍晚，一辆大卡车载着满满当当一车蜂箱停在了村边的打麦场上。第二天，村里就有了纷飞的蜜蜂，嗡嗡嘤嘤唱着歌，愉快地忙碌起来。

放蜂人是一个家庭，父母亲和女儿。村里来了客人，而且对于放蜂行业，村邻们都很陌生，觉着稀奇，每到傍晚就有人去放蜂人的帐篷里串门儿。一来二去，东家的酸菜端给了放蜂人，西家的炒锅借给了放蜂人，好酒的还把放蜂的父亲请到家里喝几盅。放蜂人也会捧出原汁原味的蜂蜜让走进帐篷来的客人们品尝，尝尝自己的油菜花蜜的香甜。

一个午后，无意间我在河边小桥头碰见了放蜂姑娘。她坐在河边一块龟形的石头上，双脚伸在清凌凌的河水中，仰头望着面前的山野发呆。我喊了声姑娘，她转过头来，风吹日晒略显粗黑的脸洋溢着神秘的笑。小桥流水黄花，你们的村子多美呀！风景美吗？美，人更美呀！淳朴善良，这些日子来，把我们一家当作自己的村邻看待，心地和这油菜花一样，金子般的色彩，金黄金黄的。

这就是我们村庄的色彩，一位远道而来的客人眼中金黄的村庄。

秦岭山地满山草，草草皆是宝。这并不夸张，我们村庄的前山后梁就有野生中药材近百种：红芪、黄芪、黄柏、黄芩、秦艽、地骨皮、透骨草、三七、半夏、猪苓、灯花、羌胡、柴胡……在调整作物种植结构时，人们看好柴胡。

7月，当黄澄澄的冬小麦收割上场，麦场里耸立起沉甸甸的麦摞子时，柴胡花儿开了。田野就像被金黄色统领着的一幅巨型油画，地埂边青草的碧绿把柴胡花儿的金黄分割成一块块、一条条，有风儿徐徐吹，蜂儿嗡嗡鸣，蝶儿翩翩舞。这独特的色彩让人迷恋使人醉。我初次见到村庄这身打扮时，糊里糊涂地醉了，就像儿女陌生了母亲一样，麦子上了场，那满地金黄的又是什么呢？柴胡。柴胡浑身都是宝，籽儿、杆儿、根儿，没一样卖不成钱的，村里的土地有三分之二种的是柴胡。从2013年开始，种植面积以我们村为轴心向周围扩散，现已成气候了，柴胡花儿开，方圆几十里山川就成了洒金的绿毯子。

小草霜白，枫叶火红，柴胡成深棕色的了，籽儿就成熟了，人们开始了收割。多年积累的种植经验，秆茬不能割得太低，要留30厘米左右，不然用牲口耕挖柴胡时就会埋在土里找不见了。立冬前后一个月的时间是柴胡出土的忙月，这时的村庄是互助的，谁家耕柴胡，地里都会有一二十人在帮忙。一头耕骡，一犁过去，后面的人们顺着犁沟，在翻开的黄土中照着秆茬儿一把一把地连拔带拾，整整齐齐地放在身后耕过的空地上，到一块地耕完，再用铡刀把多余的秆茬铡掉。这时节，金黄的柴胡根和浑黄的泥土融为一体，泛起泥土裹挟着的醇醇的药味儿，钻进鼻息，清心醉人。

　　各家的柴胡都出土了，麦场上、庭院里、巷道间全都晾晒上了柴胡，阳光和风改变了它金黄的色彩，使它精瘦成土黄时，便有远近大小的药材老板走村串户开始收购了。黄土里种出的柴胡色泽鲜亮，个大体长药性佳，被收购商称作金柴胡，备受青睐。这几年的价格平稳，每公斤在40元左右，一亩地能收入五六千元。每到柴胡出售的这段日子，人们的脸上总是挂着丰收的喜悦。那一张张笑脸，就是村庄的色彩，闪着亮光，攒动着对美好生活的无限向往。

（《兰州日报·兰山副刊》2016年2月20日）

随着花儿去耕田

渭河岸边，南山深处，那金星般闪烁在河谷溪畔淤泥里的是看灯花，五六寸高的花身，指甲片大的花朵，在春寒料峭中绽放着。没有绿叶的陪衬，连草儿们都未复苏，它就急急忙忙地赶来了，赶元宵节的灯会来了。常在溪畔玩冰的孩子们那星星般的眼睛发现了星星般的花儿，捧一棵回家，隔着门就喊：爸爸妈妈，看灯花儿开了！大人们听见了，看见了，枯燥了一个冬天的目光滋润了，他们知道，春天真的来了，该到收拾农具准备春耕的时候了。

真正的南山庄稼人对节气的记忆是花儿。节气是无形的，死的；花儿是实在的，活的。什么节气什么花儿开，看得见，捏得住。跟着看灯花儿开放的是搬粪花（斑凤花），她来得迟了些，有时间装扮上了近似芍药花的叶子，在桃红的花瓣上略施粉脂，嫣然怒放。当小姑娘们采来一把，扎成花儿毽子踢的时候，大人们就开始往地里送粪了。先前山坡地里是畜驮人背，平地里是架子车拉运；现在农机路村村通，田间道路进地头，农用车拉粪替代了人力劳作。尽管市场上的化肥有各种各样，非常便利，农家肥搬运费力，人们还是要把积攒成堆的粪土运到地里。因为农家肥能肥地，产的是无公害、纯天然的庄稼，自给自足的庄稼人谁不喜欢呀！

当霏霏细雨洗净了残冬的尘埃，桃树枝头点点红时，犁铧就插进了土地，春耕开始了。"开犁种胡麻，七股八柯杈"，胡麻种子落地，青稞、蚕豆开种。这时节，满山桃花争艳，微耕机轰轰响，耕牛哞叫声声，喜鹊、老鸦跟在犁铧后面，喳喳叫着，犀利的眼睛盯着犁铧翻开的土地，搜寻着黄地老虎之类的软体虫子。好不容易熬过了寒冬，开开荤，美餐一顿，或者是打个牙祭也好。

"莫道杏花无动静，胭脂一点是消息。"花儿相继开，农活儿一茬茬，在桃花飘零中，杏树枝头泛起了红晕，南山的庄稼人春耕最忙的时节到了。调整作物种植结构，地膜种植玉米经过了两年的试种，人们已经积累了经验，从历史到今天，玉米终于在这老南山试种成功，长势好、产量高，比种小麦的收益翻了一倍多。家家忙着施肥翻地，垄畦铺膜，到了苏轼"杏子枝头香蕾破，淡红褪白胭脂涴"时，整片整片的土地便成了一畦一畦的白色。在点种前铺上地膜，保湿压墒。玉米铺膜结束，人们还要披着杏花雨种瓜点豆。豆是豆角，南山气候凉，同样要地膜种植，这几年连片种植的豆角王品相好，质地佳，市场热卖。随杏花雨种植，到6月间麦子收割完了收获上市，正是市场上的温室豆角收尾期，钻个空隙，被称作南山无公害绿色产品备受市场青睐。瓜是西葫芦，有的和豆角套种，有的另辟园地种植，同样是露天栽种，同样挤在塑料大棚种植的空缺时段上市，同样的市场潜力和良好的收益。

"柳色黄金嫩，梨花白雪香。"在一场水雪朵儿的敲打下，七大八小的孩子们开始折了柳枝做柳笛吹，呜呜咽咽成山村动听的乐奏，在这嘈杂的柳笛声中，梨花懒懒地惺忪着眼睛，蒙眬中的梨花眼带微微的血丝，当她的梦完全醒来时，眸子就雪亮雪亮的了。雪亮的眼睛是能洞察人心的，于是她就招呼人们，别记那老掉牙的农谚了，什么"白杨树叶儿圆，种的豌豆角儿繁"。全球气候变暖，南山也一样的，跟着我种豌豆吧。于是，人们就急急忙忙地种豌豆、大豆了，这是南山的传统作物，两者未成熟时的嫩角可都是上好的蔬菜，等不到成熟收割就都变成钱装进农人的衣兜里了。玉米地铺好的地膜该下种了，精选好种子，再次走进白花花的地畦里，种下去的是金黄颗粒，收获的将是金棒棒。

"带叶梨花独送春"，雪白的梨树梢染上了绿色，暖风吹拂，梨花飞雪般凋谢着。农人们收拾起犁铧，青壮年搭上了出山的汽车，奔散在大大小小的城市打工了，把土地和庄稼留给了留守的家人。

梨花带叶了，杨柳染绿了，山坡绿透了，各色各样的花儿开遍了山野，麦田里的杂草也长高了。提上竹篮，戴上草帽，村姑村婆们上地锄田了。采一把路边盛开着的野玛瑙花瓣，放在提着凉水的杯罐里，那股淡淡的含着冰糖味儿的馨香便被你装走了。"锄禾日当午"的时候，喝一口，那清凉，那滋润，那香甜是无言语能够表述，只有亲身体验才能享受的。如果上地时带上还没入学的孩子，孩子在折花摘草，跟跄欢呼；蝴蝶在闻花问草，翩翩起舞，错把为孩子撑开的花伞当作花朵儿艳放，那情景妙趣横生，优雅绝伦。

麦苗在拔节，油菜花开遍地黄。蜜蜂登台演出了，嗡嗡嘤嘤，穿梭在花丛中。就把忙碌留给蜜蜂们吧，让人们在清闲中守护收获季节的到来好了。

（《兰州日报·兰山副刊》2015年6月13日）

渐行渐远的荒烟

　　一根粗壮的烟柱，泛着浓浓的灰白，歪歪扭扭，从半山腰的田埂间升腾而起，散开而去，弥漫了整个山湾，和山间的雾融为一体。远远地，我就被青叶蒿草燃烧时溢出的那股淡淡的青草香味儿所引诱，冲动得无法自已。这种荒山野丘之烟火我已经有好些年没见到过了，其实是难得一见了。今日既然相遇，便没有不去火堆旁的理由。

　　天阴着，似雨非雨，似雾非雾，湿漉漉的空气在人的周身淋上一层细细的潮润，摸上去，手掌到五指间会有凉丝丝的水珠儿，眼睫毛似乎变粗了，眼皮也沉重了许多。南山的秋就是这么个样儿，尤其是洋芋出土、冬小麦下种的这一时段，老天爷几乎没有好脸色，总给庄稼人使绊儿，不让你顺顺当当地播种。赶农时的人们却不理睬他，晴也好，下雨也罢，就是戴着斗笠披着蓑衣，也要去耕种。祖祖辈辈得来的经验："扯泥花花的麦子。"意思是说，犁铧划开土地，能扯起烂泥花花，撒下去的麦种就发芽好，根扎得稳，过冬安全，来年一定好收成。

　　悠悠地，起风了，风无力，将烟柱倾斜在山坡间。我拨开拦在眼前的黄菊花丛，爬上地埂，火堆燃烧的毕毕剥剥声清脆起来。给火堆里添柴的是一位十一二岁的男孩，离火堆不远处才出土的洋芋堆得小山似的，男孩的奶奶和几位村妇们正在捡洋芋。她们把洋芋分成三类，大个的装包下窖储藏，挑出中个儿的磨淀粉做粉条，小个儿的拿回家去喂猪。我的出现好像谁也没有知觉，只有在地边美餐蒿草籽儿的枣红色耕骡抬起头来，打了一串响鼻，很不满意地摇着夹嘴，把套在身上的犁具弄得叮咣直响。

爷爷，还被你说中了，真的添了嘴了。小男孩就这么叫了一声，远远地有一个声音随着应道：再添一抱柴，把火心捅开，火就旺了，洋芋就熟了。我循声望去，在陡坡地头，有一个身影在雾霭中节奏感极强的晃动着，我知道爷爷在撒种子。捡洋芋的村妇们也抬起头来，表情不一地望着我。奶奶说，荒山野岿的来了客人，请都请不到呢，啥添嘴儿了，添喜了呢！洋芋就烧熟了，等会儿撒完种子咱一起吃。我欢喜地点点头，我是被这荒烟诱惑来的，我知道荒烟底下一定有我眷恋的东西，烧洋芋那焦黄的皮，滚烫的瓤及泛着泥土和蒿草的香味已在我的灵魂中舞动了。它是我青少年时期深刻的生活记忆，穷苦，落后，近似于原始的刀耕火种，开荒种地，荒地里用草皮垒起敖包一样的生灰堆，冒着缕缕青烟，野性而豪爽，好似狼烟。烧生灰是借助草根把草皮黏连的土烧熟，散在荒地里做肥料，一堆生灰要三五天才能烧透。跟着大人们上山，中午在生灰堆里埋上洋芋，很快就有了棉花包子般的烧洋芋吃了。

我走向洋芋堆，蹲身捡起一颗白里泛黄的洋芋，掂量着，足有一斤多重。好大的洋芋，我赞赏着。奶奶告诉我，这是今年春耕时乡政府从外地调来的洋芋子种的，洋芋认生土，每年都得倒换种子。咱这洋芋是入了保险的，锄过头遍就施上面给的农药和微肥，不死苗，土里的软虫子也不祸害，才有了这样的好收成。奶奶说得眉飞色舞，我分享着她丰收的喜悦。咯咯咯一串笑，村妇们笑得前俯后仰。一个说，奶奶是被眼前的收成乐晕了头，洋芋是咋种出来的，你说，他懂吗！

我款款放下手中的洋芋，面对村妇们，我感慨万千。是的，我离开了土地，不是种庄稼的人，但我是农民的后代，南山的泥土养大的，我曾也跟着父母在这阴雨霏霏的秋天刨洋芋，种麦子，洋芋出土时父亲总要生起野火，烧一堆洋芋。在荒烟弥漫中我割着蒿草，一抱一抱的往火堆里添。父亲喜欢吃皮焦瓤生的洋芋，而母亲和我则要把洋芋烧得棉花似的才吃。那时，一到洋芋出土的时节，各家的地里都是荒烟缭绕，整片土地都泛着洋芋的焦香味。那场景，今天已经见不到了，就我眼前这几个村妇们，都是男人外出打工，她们互助合作伺弄土地，瞅的是花甲之外的爷爷能用他的枣红耕骡帮她们把陡坡地里的洋芋耕出土，种上麦子。

爷爷点燃火堆后火苗笑得不停，爷爷让我多放进去几个洋芋，他说今天添人呢，是个男人。小男孩把我拉到火堆旁，从火堆里拨出一颗烧得焦黑的洋芋说。我说太神了，咋能知道添个男人呢。小男孩说，火是噗噗噗笑着的，很洪亮，爷爷说如果火的笑声是哧哧哧的娇小，就是添女人的征兆。爷爷真有这么神，他能和野火对话？能，他说了，下地耕田，使唤耕骡一定得男人才行，野火总是呼唤着男人们。说话时，荒烟随着山风歪来扭去地跳，好像专门挑生人欺，我躲到哪里它就跟到哪里，呛得人呼吸困难，眼泪在眶里打旋儿。既然躲不过去，干脆一屁股落在湿地上，任烟雾缭绕，倒有了飘飘欲仙的感觉。

爷爷来了，村妇们也都围向了火堆，冒着原始烟味的野餐开始了。"洋芋没血，三拍两捏"，各人抓起大火中的洋芋，在手中拍捏几下，一口咬去，那味儿似乎不是洋芋，是青草和泥土纯香拿捏在一起的天物。在陡坡地里种洋芋的人家不多了，你要吃野火烧洋芋的机会也不多，爷爷说。平地里都是机械耕种，轰轰轰跑得快，一块地一会儿就完了，谁还在地里做细。

是呀，我们生活在这样一个飞速发展的文明时代，有无数事物都已成了远去的记忆，野火荒烟也毫不例外地与我们的生活渐行渐远了。

洋芋烧熟了，火堆熄灭了，荒烟已经无影无踪，只有淡淡的雾向山脚轻轻地压去，我的心中顿生兔死狗烹的悲凉。望着火堆中星星点点的火星，我的思想穿越到了远古蛮荒时代，那荒蛮的野火点燃了文明的火把，把泥土烧制成陶器，文明的蝴蝶破茧而出，飞呀飞，落下影子让我们缅怀那逝去的野火荒烟。

（《兰州日报·兰山副刊》2016年1月30日）

我那遥远的家乡的水磨声

离开家乡几年，金秋回乡，我首先要看望的是奶奶守着的那盘立轮水磨。那水打磨轮，音韵和谐，流转如珠的声音似乎就萦绕在我耳际。

进了村子，循着溪水涓涓汩汩的脆响，我钻进那片茂密的白杨林。我失望了，我家祖传的磨坊拆了，花岗石磨扇躺在小溪边，偌大的木轮不知了去向，给我游子的心平添了几分悲凉。

深居西秦岭北坡深山幽谷的家乡，人称武山的"旮旯"，土地瘠薄，气候条件差，庄稼年年歉收。唯有从沟脑流来的这条小溪经过村边时，才给沉寂的山村带来一丝欢快。无论哪个季节，都有村姑村妇们在这里捣衣洗菜；任性的村童，炎夏在这里玩水嬉戏，寒冬在这里滑冰。溪上的立轮水磨是记载山村收成的佐证，村里的粮食都要经过它才能加工成面粉。听奶奶讲，这磨从太爷爷手上就是我家的。在我很小很小的时候，我和奶奶就住在磨坊里，我是听着磨子的歌曲长大的，每当奶奶挪着小脚丫提起截水板时，哗哗流水声和花岗石磨扇嗡嗡隆隆的吼叫声就谱成一首古老的摇篮曲，一直伴我上了中学。

后来，我嫌噪声太大，要离开磨坊。奶奶说："越吵越好，终年转个不停才好呢！"我莫名其妙，觉得奶奶太贪心，指望磨面的多多挣些粮食，孰不知我错怪了奶奶。"咱这磨终年不停，证明咱村粮食多，人人不挨饿。"奶奶的记性真好，通过这盘磨，她能掌握村里谁家够吃谁家不够吃。那水打木轮的曲调是家乡人贫富的咏叹呀！

今天怎么连磨坊都拆了呢？我站在废墟旁，望着溪畔飘荡的垂柳，追忆着那遥远的水磨声。就在这时，奶奶拄着拐杖缓缓地来了，她见到我高兴得流出了眼泪。我问奶奶："咱家的水磨呢？"

"拆了，早就拆了！咱现在是钢磨，电带的，比水磨好多了！"我喜欢奶奶的唠叨，多年没听见了，怪亲的。可我还是忘不了我的摇篮曲——水打磨轮的歌！"打前年在后山坝建起了小水电站，就拆了磨，你大没写信给你说？哎哟，那电怪厉害的，有了它，鸡代家办起了木柴加工厂，啥电锯电推刨的；狗代家养了好几千只电孵的鸡娃子，雪白的鹅黄的一片。都富了，村里人出外的、在家的都富了！"

我这才抬起头，顾盼村野。一根根水泥杆子架着蜘蛛网似的莹亮亮的铝线，轰轰隆隆的马达声时起时落，家乡变样了！我不得不在心里说：别了，我那遥远的家乡的水磨声！

（《甘肃农民报·春雨》1991年5月31日）

秋风细雨丰年话

冬小麦刚刚播种完毕，西秦岭就被蒙蒙雾霭裹了个严实。霏霏细雨润泽着新翻的泥土，给庄稼人心坎上浇着蜜汁。从夏忙到秋的人们有时间坐在土炕上，支起茶罐罐谝闲传了，三家五户的人坐在一起，话说当年的收成。地下堆着新打碾的麦子、稻子，院子里的树杈上挂着刚收的红辣椒、黄棒子，眼前是刚榨的胡麻油烙的新麦面油饼子，身边小孙儿在牙牙学语，婆娘媳妇纳着鞋底儿。农家乐，乐乐皆俱，秦岭笑得落下了泪来。

我踏进老张家的门槛，看到的就是这幅极乐图。如秦岭一样憨厚而好客的老张溜下炕棱，拉我坐在电炉子前，支上了茶罐罐，我便与这些满身溢着泥土香味的庄稼人同乐了。

我惊奇地发现，他们谈论的话题全在老张今年的小麦收成上。老张说，他用麦宝拌的种子，二铵上的底肥，开春喷洒了一荏杀草剂，接苗时又喷的是生长素，抽穗期间硫酸二氢钾和着粉锈灵又喷了一荏，才有这单产 350 公斤的收成。老张说得眉飞色舞，炕上围的人听得津津有味。"今年哩，今年你是咋种的？"有人问。"植物增产素拌种的呀，下种前我从县科协弄来的哪，不是分给大家了吗！"老张说。"看我这记性！"问话的人说。

听着他们的谈论，我的心里甜甜的，科技兴农已经深入庄稼人的心里去了。罐子里的茶已淡然无味，可他们的谈论却正浓。他们在为李家欠收的原因而争论得脸红脖子粗，我默默地坐着，听秋风细雨伴奏的这曲秦岭新歌！

（《甘肃农民报·春雨》1992年10月16日）

打麦场上说变迁

　　大暑才过，村里的打麦场上除了高高垛起的麦草堆外，已空空如也。并不是庄稼歉收，而是早已颗粒归仓，人们忙完了地里的庄稼又去做其他的营生了。

　　我少年时的记忆中，中秋的麦场沉甸甸的热闹，庄稼正忙着上场，一个个小山似的麦摞子你挨我挤地排进场里，摞子的缝隙里是噼啪噼啪的连枷声和打场的妇女们的说笑声。打完了种子，其余的麦子要等到立冬了慢慢地去碾。碾场是最熬人的，任何一家的麦场都得七八天的时间碾。启明星升起，人们就起床，穿着棉袄顶着冬寒赶着牛拉碌碡吱吱扭扭地走。那时，人们长年的劳动围着土地转，场碾完后就只等着过年了。

　　我进入青年时，麦场发生了变化，碾冬场的辛苦已远去，麦子一上场，家家摞起大摞子，把场地挪宽敞些，好让小四轮拖拉机碾场时能转开圈，跑得快。于是，冬小麦播种完毕，麦场上的四轮车就响个不停了。全村人忙个十天半月，黄金金的麦子就装进了仓里，腾出整个冬的时间去做其他的事。庄稼人在慢慢地挣开土地，走向山外更为宽广的世界。于是，腰包鼓起来了，房院换新了，电器进家了。山村的物质生活和精神文化生活开始了翻天覆地的变化。

　　一晃又是十余年。今天，当我站在人生的中年站上时，山村的收麦季节清静了许多，在这"六月麦黄，姑娘也要请出绣房"的忙月里，我的村庄清静而安详。因为村庄的儿女们已早早忙完了庄稼，去山外做更大的事，挣更多的钱去了。那麦场呢？堆积如山的麦摞子哪儿去了呢？这两年，轰轰隆隆的四轮车已从碾麦场上退休了，村里人家都买了小型打麦机，一开镰收割，边割边打，地里收完了场里也打完了。颗粒归仓后，大家就又忙着外出务工了。于是，暑天的打麦场清凉透了。

　　从打麦场上，我们看到了山村翻天覆地的变化。从寒冬腊月牛拉碌碡吱吱扭扭地转，到仲秋小四轮拖拉机的马达声唱响丰收的喜悦，再到今天打麦机吐出金黄的麦粒，这不光是生产工具的更替，也是农村生产力的发展引领着人们思想意识的变化。于是，家家户户的土屋换成了砖瓦房，烧起了沼气，电话村村通，广播电视村村通，公路村村通，村里有了养殖大户和规模种植专业户，还办起了农家小书屋……

　　村民们的几句顺口溜道出了心里话：黄金金的麦子喜洋洋的脸，打麦场上说变迁。为民富民政策好，山村面貌换新颜。

牛山绿

  叫你牛山，是你的品质如牛吧，不然一座山怎能以牛为名呢！进了村子，跌宕起伏的绿的能把人灌醉。说这牛山村是旱山地建造森林村庄的典范，一点儿也不夸张。站在这海拔 2500 多米的山湾里，目睹来来往往背负驮桶的运水骡队，你会感觉到普普通通的绿色承载着何许的艰辛与向往，每一叶平凡之绿都是一首壮美不屈的诗章。

  村庄坐落在武山南部中梁山西北坡马鞍形的山湾里，农舍民宅依势修造，呈梯状分布在坡峁，整洁、朴素，一阶一台都被浓浓淡淡的绿色镶嵌着。登高远眺，如微波荡漾的绿潭，如黄土地上的明珠，泛着波光。正是这层层叠叠的绿色，为这黄土青沙的大山营造了生机，结束了它光秃秃的历史。

  这绿是满盈了希望的。山里缺水，百来户人家的人畜饮水都要到山脚沟底去取，代代年年，水困扰着山民们的心。20 年前，牛山的居民醒悟了，开始在村庄周围、房前屋后栽树种草，油松、小黄松、落叶松也相继在这里安了家，山地原产的野白杨、柳树、桦树、杏树、酸梨树也再没人当柴烧了。20 年的努力，没有白费。今天，各家房前花果香，屋后树成行，绿色掩映了村庄。水，这孕育生命的自然精血终于冲开沙壤，山湾里接连有了两眼泉水。虽然泉眼细小，还不能够满足饮用，进入旱季，村民仍需抽个劳动力排队等水，但这是在自己村里等取自己泉里的水。从无到有，这就是希望，绿色给予人的恩赐。

牛山人对绿色的钟爱等同于自己的生命，于是牛山绿就更鲜活纯净了。它清凌，又厚实，大山是它的家园，纯朴的山民是它的根基，它蓬勃的生机是老少山民长年累月的汗水花朵，这绿就更显凝重而富有灵气了。也许有一天，叮咚清澈的山泉将会在千根万须间喷涌而出。

走进牛山村，绿色会给你特殊的感受。傲然挺立的松树高擎伞盖，虬形的枝干刺出如针的叶儿，在阳光下绿油油地闪光，写照着山民勤劳勇敢、不屈不挠的精神。杨、桦、柳护着脚下的小草弱木，用椭圆形或卵形或蚕形的叶片，倾诉着自然对人的衷肠；郁郁葱葱，密密麻麻，招摇着朗朗乾坤的浩瀚与精小。这时，你会自然想到"根深叶茂"这句话。

牛山绿，来自牛山人祖祖辈辈改造这贫瘠而干旱的山湾。牛山人对这道山湾爱得真诚，于是就有了憧憬和抗争，就有了这充满希望的牛山绿。

哦，令人心醉的牛山绿哟！

（《民主协商报》2001年4月27日）

柳　香

　　我走进小镇这条农贸街是在一个槐香四溢的清晨。

　　洁白的槐花很潇洒地在暖风中兴着花浪，使街道流成一条花的河流。熙熙攘攘的人们在宽敞的街面上忙忙碌碌。街道两旁成捆成捆地排满柳编品，那缀上菊花和松针图样的簸箕，用梅花和石榴装饰打扮了的箩筐，式样雅美、结实耐用的提篮，有谁不把它们看成真正的艺术品呢？在这样的街道上行走是一种享受。在我从槐花的甜香中品味出一股淡淡的别样的香味时，有人告诉我，那是柳香。我是受了这种香味的诱惑，循着这香溯源到三衙村的。

　　在村前的小河边，我一饱眼福。野生野长的柳条儿经艺人们蜕皮加工后才能进行成品加工。那半厘米粗细的柳条，成捆地躺在沙滩上，它们刚刚经历过蒸熬，绿色的柳皮还冒着热气，浓浓的柳香就是从这里流出来的。

　　这个百十户人家的村子，家家都有一眼地窖。地窖的面积大都是七八平方米，里面冬暖夏凉，四季湿润，人们就在这里点上马灯，不分昼夜地在这里编织着富裕的生活。我去的这眼地窖的主人姓汪，50岁上下的年纪，他的肤色红润，双手粗糙如一把木锉，黑黝黝的眼睛在灯光的照射下炯炯有神。他见我进来，立起身，伸个懒腰，揉着手中偌大的铁针，当他知道我是专程来观看编织手艺时，便很愉快地继续工作了。柳条在他的手中柔绵如丝，麻线团儿在编了一半的柳垫上穿梭如飞。正是这不畏艰辛的劳动者，才使武山四门三衙的名字和柳编品一起走向青海、新疆、宁夏、陕西，走遍甘肃的角角落落。

　　老汪告诉我，他有一砖到底的新房子，他有彩电和摩托，他说他所拥有的都是自己双手编织出来的。他这双手虽然皲裂，虽然粗糙，可是一天不接触柳条就痒酥酥的。他讲得很轻松，额头的皱纹绽开丝丝纹路。我要走出地窖时，这位勤朴的人很友善地送给我一只娇小的簸箕，我捧着它，如捧着世间所有的勤劳和创造，如抱着一怀柳的清香。这永存的柳香在我的心中款款流淌。

（《甘肃农民报·春雨》1991年8月3日）

秋野黄菊香

　　秋已经很深了，清冷的秋风扇动着多彩的羽翼，给绿色的山野涂抹上一层淡淡的橙黄，把田野幻化的色彩斑斓，呈现着清凉的壮美。

　　接连几天阴雨，今晨朗然放晴，缠绕在山梁的雾霭就像泼洒的牛奶，在朝阳的妩媚中一缕缕升腾，袅袅如炊烟，被湛蓝的天空所接纳，成一群活蹦乱跳的羔羊，在秋风的长鞭下荡向远方。山野就像掀起盖头的新娘，鬓角发髻间插满了质朴秀美的野菊花。是的，在这百花冷艳的季节，我那魂牵梦萦的野菊花全然开放了！

　　或许秋风是绚丽多彩的，染在野菊花瓣上，黄是黄、蓝是蓝、紫是紫；或许秋雨是色界清晰的，浸在野菊花瓣上，虽然簇簇相拥，却色彩分明，你就是你，我就是我，个性鲜明，互不熏染。孪生姐妹般的蓝菊花和紫菊花杆儿带着茸毛，叶儿肥厚，花儿放荡，瓣儿均为两层，里一瓣外一瓣，三十二瓣绽放成十六双，双双对对地围着金黄色的花蕊，拉一朵凑着鼻子细细品味，那淡淡的馨香清纯的沁人心脾。黄菊花性格特别，要开就是一丛，上百朵花儿紧抱着一条根系，单瓣儿圈着花蕊，蓓蕾密匝，素面朝天，弥漫成芬芳的清凉，碰着她，那浓浓的菊香就能把人灌醉。

作为一个农民的儿子，在野菊花中我是偏爱着黄菊花的。黄菊花，南山人叫"种麦花"，她昭示着播种季节的到来，引领着人们冬小麦播种的犁铧。"白露高山麦"，时令一过白露，黄菊花就从山顶往山脚下开放了。冬小麦跟着从高山起播，随着黄菊花绽放的进程，播向山脚。犁铧翻开田野沃土，种子落地了，泥土的清香裹挟着黄菊花醉人的芬芳在犁头铧尖流淌，播种下了庄稼人来年的梦想。

其实，喜欢黄菊花是不需要理由的，就如黄菊花就是黄菊花，她要绽放自己的美丽不需要任何理由一样。低调而缄默的黄菊花，在这落叶飘零，草木枯黄的季节，无关乎冷风凄雨，悄悄地伸展着枝条，挑起朵朵小花，一丛丛或疏或密，成了秋野的眼睛，季节的精灵，弥补着百花凋谢的缺憾。她一直霸气地割据着我的心灵，她那大小不过一厘米的花朵，满天星斗般缀满山野，聆听旷野的疾风，沐浴深秋的冷雨，绽放自己的时光，走向"枝头抱蕊死"的归宿。她没有落红，也不会化作春泥，而是抱着自己的心，守住自己的枝头，生死相依，不离不弃。

"待到重阳日，还来就菊花。"也许，你会适时地去采摘黄菊花。药用也好，茶饮也罢，泡酒也佳。她有着清净五脏，排毒健身，延寿美容的功效。用晾晒风干的黄菊花充作枕芯做成菊花枕，清凉降火，醒目清脑。泡一杯菊花茶，轻轻地啜一口，野菊花风干浓缩的清香，缓缓地融开在清冽冽的水中，那味儿，是你和植物在对话。凄风苦雨的艰辛，阳光甘露的润泽，四季沧桑尽在其中，你会品味到菊花对故土的缅怀。

质朴如泥土的黄菊花，在万物萧索的季节独自灿烂着自己的冷艳，不为独占季节而孤傲自芳，只是身为"种麦花"而坚守着自己的职责。这便是黄菊花之品、之魂，无欲无求，唯有菊香溢四野。

人亦是，人到无欲品自高。

丁香花开十里香

车子在大南河上游谷地穿行，河水北流，车向南进。翻越秦岭的风顺河谷徐徐吹来，送来淡淡的，清爽爽的花香，花香含露，被清晨的阳光裹携着，连同紫色的花浪向车窗涌来。

这是大南河峡谷最为俊美的十里丁香谷。河水总是那么悠闲地行走着，左拐右转，有时故意绕个半圆，显得那样不慌不忙，才不像人类那样为了速度和省时截弯取直。她的目标是渭河，在到达目标的途中要看够沿途的风景，顾及每一块滩涂，亲吻任何一处崖壁和礁石。水流一去不复返，她深知征途之悲壮。

丁香花披满谷地两侧的山岗。山坡陡峭，无一处能够不爬行而直立行走。花一丛一丛的，好像缀在绿色之中的奶油，紫的、白的，招蜂引蝶。有放蜂人专采丁香蜜的，将蜂箱一字儿排在河岸，让人生出甜蜜的遐想。

我们行驶在新开通的水泥路上，没有人愿意让车速加快。车窗玻璃全打开了，头就伸出窗外，贪婪地举着手机要把山水花香一股脑儿带走。其实，你不需拍照，你要尽情地享受。张开你的鼻翼，灌进花香；睁大你的眼睛，收尽花浪风光，再慢慢地品味。自然之美，自然之纯，自然之情趣就和你的身心融为一体，成为净化心灵的清流了。我便是如此，当我的眼睛收揽了崖壁间瀑布般悬挂的紫色的花浪后，我闭目静思。这十里花香能够迎来这么多人观赏，得益于这条公路的开通。这是一条几代人设想的路，在今天扶贫攻坚的号角声中，终于天堑变通途。

　　自古以来，要从武山县四门镇进入岷县马坞镇，这条路最为捷径。商贾们的骡马队从四门镇侯家堡登上大南河东侧的马坞梁，在半山腰踩开了一条南北向的路，路面不宽，只能供一人一骑行走，穿梭在山腰间的灌木林中。山路十里长，走完十八道漫湾后在叫作亮晃台的滩头蹚过大南河，转到河的西岸，途经险地骆驼项、死人坪到沿安乡白铁沟才踏上较为宽敞的路面。这是一段三十里长的谷地，跨四门、杨河、沿安三个乡镇，因有十里峡谷阻塞，使繁华的商道穿梭在山腰丛林中，多了几分惊险，也多了几分美丽。

　　惊险，是因为常常有野兽出没，虽不比景阳冈的大虫，野猪、狼群偶尔也会横在面前，挡住骡马的去路。惊飞的野鸡或攒动的野兔也能使负重前行的骡马惊慌失措，丢下背上的货物驮子，狂奔乱跑而去。弄得脚户们提心吊胆，只有下山到了亮晃台河湾才能松口气。这时，坐在滩头的绿色草甸上歇歇脚，人有清凉的山泉解渴，骡马有清澈见底的大南河水畅饮。翻越一座山的干渴不见了，脚户们挽起裤子，一声吆喝，人拽着骡马的尾巴蹚过河去，十八道漫湾的疲劳和困乏被滚滚的河水带走了。此后的路程一直和大南河相伴，路随河走，河水顺着山流。骆驼项山势险峻，如一头骆驼昂着倔强的头，逼得河水在此走了个 S 形，路就从骆驼的项间踏开，突起突落，插进河中。河面不可能有桥，人行走塔石，牲畜们蹚水过河。脚户们在此正是显把式的时候，弄不好驮子就从骡马的头部滑落，直滚进河里。死人坪也是一处险境，大南河在此拐了个弯，冲开一条窄溜溜的涧沟，路在西面的崖面穿过，有一里路的坪，坪上树木阴森，藏着几处坟茔，狐狸啼哭，乌鸦嘶叫，行走其间，让人不寒而栗。继续前行，村子渐渐地密集起来，路也宽敞平坦了许多。祖祖辈辈，人们不知在这条路上走了多少年，留下了多少个凄凉悲壮的故事。

美丽，是因为十里丁香花。行走在半山腰，春的山腰一片金黄，满山遍野全是燕麦花，一串串挂在枝头，黄的透亮。这时百草萌生，吐着芽儿，山色还是枯黄的。燕麦花开了，渲染着山色，迎接着葱绿，半个月的花期过后，山就像成熟的女子，变着法儿打扮自己了。各色花草攒动着头，跃出草地，丁香花儿开了，翻着花浪，送着幽香。少年时节，我曾和同学们一起在这丁香花下幻想过美妙的爱情：寻找五瓣丁香。因为有人说，谁能找到五瓣丁香，谁就找到了真正的爱情。也曾在这丁香树下饱尝过世间的最苦，"丁香叶儿厚，十口八口咬不透"，谁不相信就去咬，叠好几层去咬，那个苦味，在我的记忆中是再也没有尝到过的。一树丁香，孕育着甜蜜的爱情，又蕴含着生命的苦难，还有哪种花树能够和丁香相比呢！盛夏时节走在这条路上，你用不着备水带干粮，路边的野草莓红彤彤的挂在草莓杆上，你可以解渴也可以充饥。最盛时节，满山坡都是，像是给绿地装饰了红毯，走在其间给长途跋涉的人们几分庄严，几分神圣。秋天是饱熟的季节，采下灌木林中的山核桃，那种涩涩带甜的纯美味儿会使人流连忘返的。接着山色渐黄，灌木林就如一幅油画，红的枫、黄的桦、咖啡色的青冈叶和那些不畏风寒，至落不变色的绿叶们一起抖俏。第一场雪落了，马坞梁银装素裹，山被积雪封住了，往日的繁忙消减了，山路就像蛰伏的蛇，等待着春天的来临。

20世纪60年代，人们企图从侯家堡上山沿马坞梁修一条公路。路是修开了，由于山势太陡，汽车爬行艰难，只赶过两三年的马车，跑过数得着的几辆汽车就荒芜了，路面长成了沙棘林。

今天，人们从大南河和杨家河交会口的省道洛礼公路南侧起步，在马坞梁的脚下逆大南河而进，穿过十里丁香谷，凿开骆驼项，铲平死人坪，修了一条三十里长的水泥路。使武山县洛门镇到岷县马坞镇的行程由原来两个多小时缩短到了一个小时左右。

行驶在这条路上，穿峡跃水，你如走进绿色渲染、花香点缀的迷宫，流水潺潺，鸟鸣山涧，丁香花开十里香。路畔的山村旧貌变新颜，山村的山民洗净了土气，显现着洋气，他们今天的日子就如丁香花儿一样甜美。

点亮生命（后记）

　　小时候，和奶奶同住一土屋。每到夜晚，奶奶总要叮嘱我："把灯点亮。"煤油灯稍有昏暗，她老人家就焦躁不安。她教我把子弹状的针剂小药瓶底磨开，顶尖磨个小孔，套在灯上。这样点燃的就是从顶尖小孔里透出的煤油汽，灯焰亮堂，又无油烟。有一天，奶奶生命的灯油燃尽了，昏昏地熄灭了，然而她给了我哲理性的思考，关于生命的思考。

　　人的生命如一盏灯，总有一天要油尽灯灭的。点亮生命，让它在有限的岁月里照亮别人，也照亮自己，就如奶奶的灯，既无污染，又特别亮丽。17岁那年，我高中毕业走向社会，在驻军某部做合同工。工作之余就看书，部队图书管理员和我成了挚友，他对我说："趁着年轻，多给生命加点油，到发光的时候就更亮些。"这是鼓励，却和我从奶奶的灯悟到的相吻合。1985年秋，部队子弟学校有位老师要离职进修，大家说我勤奋好学，让我去顶替，我愉快地走上了讲台。

　　青春和事业融在一起，是充实而富有诗意的。教学之余，我和同学们创办校刊《幼林》，又同县上文学爱好者办季刊《云雾山》杂志，我生命的种子在教学和文学的土壤里两栖着。有一天，县教育局教研室看上了我的乡土教材《武山地理》初稿，借调我编写这部教材。这时，做了5年合同工，又当了5年教师的我，在县教育局大院里才真实地认识了自己。

原来我是1985年注册的民办教师，月工资45元。我第一次将生命与物质的东西连在一起，我简直不敢想象过去的10年自己是怎么活着的，竟然成了两个孩子的父亲。我的父母是厚实的庄稼人，不但我的妻儿靠父母养活着，家庭还支撑着我在外边的生活。在乡土教材送审的时候，我的儿女们也上学了，我必须为孩子负责。我离开了县城，其实是我的收入填不饱自己的肚子，我回到了家乡。

当我回顾10余年的人生途程时，我给自己画了一个圆：走出大山，又回归大山。我的生命灯花蒙上了阴灰晦暗，三十未立，父母渐渐老去，生活的重担向我压来。

"把灯点亮！"奶奶的声音如雷贯耳。

"点亮生命！"我吼破嗓子大喊。

我今生既然站在讲台上面对花朵，就得在这三尺讲台上燃烧自己。理想和现实始终有一段距离，在这山旮旯里，我过得尴尬。这里一所戴帽初中的领导说："你这块毛铁太大，我的钳子太小，夹不住！"我的位置定点在不通公路没有电灯的一所山间小学。

我反省自己，别人的公事从低处往高处干，我却从高处走向低处。当我站在土台台讲台上，面对粗野活泼的孩子们时，我想到了登泰山。如果从泰山背面直达顶峰，再向山下行走，沿途的风光一定也会很美的。我便下了决心：当好"a.o.e老师"！

在子弟学校我有过县级"园丁奖"和省级单项"园丁奖"的辉煌，然而这已经成为记忆中的荣耀。在这里我默默地工作着，我开始淡薄了名利，做教师的，只要兢兢业业，就充实而富有。一晃又过了10余年，身边的同事转正，进修，升迁，而我的转变只是从民办教师转成代课教师，一如既往地以微薄的收入让生命之灯燃烧着。我生命的灯是亮丽的，照着别人，也照亮了自己。当我听到某位学生考上了大学，某位学生走上了工作岗位，某位学生工作很棒时，我骄傲，我以艰辛和平凡造就过他们！

也许是不安于寂寞，面对大山，我从它的褶皱里跃起，点亮生命之灯，开始了心灵的歌唱。同事们褒褒贬贬称呼我"作家"，我在小说和散文的世界里蹒跚学步。然而我是个"三栖"动物：我的生命在田间地头、教室讲台、书桌稿纸的栖息中得到了充实。我以田地抚养大了儿女，在讲台育得桃李芬芳，案头有一部长篇小说，几部中篇小说，还有零零碎碎的短篇和散文作品。

此时，我真正悟到了平凡人生的真谛：用信念和努力点亮生命，以平常心去做事，我将一生无憾。我是亮亮堂堂地活过来的，正如奶奶的灯，亮堂而无尘烟。

这是 2002 年我在《天水日报》写下的一篇文字，我将它作为这部散文集之后记。因为在我的生命迈过五十岁门槛之前我加入了甘肃省作家协会，之后，我终于进了教师编制，我是亮亮堂堂生活的。

这部文集收入了我在报纸杂志发表的散文 50 篇，全是与家乡有关的文字。我在武山南山土生土长，这里的一草一叶、一山一石都是我跳动的音符，我就是那赶着牛羊在南山的肥美草坡上哼着山歌的牧童，是面前的渭水、身后的高山养育着我，我永远为她而歌唱。

感谢我生命中的所有遇见，感谢生活！